Heridas pendientes

Ani Palacios

PUKIYARI EDITORES
www.pukiyari.com

A los miles de niños inmigrantes que desaparecieron

y a los que siguen separados de sus familias.

Nunca serán olvidados.

Miguel Ángel se inquietó al leer un mensaje en el teléfono del Poeta. Sabía que quedaba poco tiempo, que tenía que tomar una decisión en ese instante. Al norte o al sur, al sur o al norte, una de dos, pero allí no se podía quedar. Venían por él. Era su turno de convertirse en un "hombre". Despidiéndose a la volada, le agradeció a Gustavo Adolfo por compartir aquella información; lo miró con tristeza, si se enteraban de lo que había hecho podía costarle una pateadura, una cosida de boca con alambres, las pelotas inclusive. Pero el Poeta no podía soportar perder a todos sus amigos en esa violencia sin final. Él no podía salirse, ya toda su familia se encontraba totalmente apresada en los tentáculos largos y gruesos de la organización criminal más poderosa de la región, pero Mángel sí. Ya lo tenían apalabrado. Apenas le pasaran el dato, se lo diría. Su lealtad todavía estaba con su amigo. Si se encontrasen años después, quién sabe si lo ayudaría, probablemente no, sólo se puede resistir el ambiente de constante terror, intimidación y aberración moral hasta cierto punto, después del primer muerto estaba casi seguro de que su alma sería de ellos. Eso era inevitable. Y de ser así, prefería que su amigo de la infancia lo recordase tal y como era, antes de que los tatuajes y la perversión desdibujaran por completo su verdadera identidad.

Mángel borró el mensaje de texto en el celular del Poeta lo mejor que pudo, lo abrazó y prometiéndole regresar por él salió de la tienda. Miró hacia los dos lados y enfiló hacia la derecha, a pocos metros podría entrar a un callejón y desde allí buscar la ruta menos obvia hasta donde vivía el amigo del amigo de su tío. El hombre acababa de pasar por su casa el viernes anterior para ver si su mamá quería mandar a alguno de sus niños fuera del país. Salían en dos días.

No había dado treinta pasos apurados cuando divisó, a poco menos de una cuadra, al Karma. Su imponente figura de humano convertido en arma mortífera era fácil de distinguir; cuando no estaba torturando o matando, estaba levantando pesas; su cuerpo era como una roca esculpida con el único propósito de servir a las sanguinarias misiones a las que era despachado sin descanso. Mángel pausó por un instante, temblaba y se quería hacer invisible, igual que el animal al saberse en la mira del cazador. Pronto vio que el Karma empezaba a acelerar y él también se dio a la carrera. Sus piernas de joven larguirucho y todas las competencias de deportes con los chicos del barrio lo prepararon para sacarle gran ventaja al hombre que lo perseguía. Karma era poderoso pero sus abultadas extremidades y su pequeña estatura eran más bien obstáculos pesados que no le permitían siquiera acercarse a su presa. Poco a poco las distancias se alargaron y en unos minutos Miguel Ángel se encontraba a salvo de aquella bestia y de todas las bestias de esa temida mafia. Ahora solamente tenía que asegurarse de seguir oculto hasta poder deslizarse fuera de la frontera y de las garras del crimen forzado.

Ya lejos de la pulpería, del Poeta, de Karma y del destino en esa ciudad que ahora rechazaba, Miguel Ángel recordó a su hermano. Bastante se llevó la fatídica mara cuando lo reclutó a Javier Hernando. Fue el primero de la familia y la verdad que nadie lo obligó. Nando se dejó llevar por sus ansias de salir de la pobreza, quería ayudar a la familia, claro que sí, pero su frustración al ver que nada alcanzaba, que no importa lo que hiciera siempre sería un muerto de hambre lo convenció de unirse a la feroz pandilla. Tendría que convertirse en un salvaje sin emociones, en una herramienta más del terror social, pero tal vez esa sería la única manera de salir adelante. Dios se lo perdonaría. Después de todo fue Él quien lo puso en esas circunstancias en donde se veía obligado a aceptar lo inaceptable. Uno no puede darse el lujo de ser un santo cuando las tripas tiemblan de dolor y el cerebro no da para nada más que seguir órdenes. Su madre le rogó que no lo hiciera, le dijo todas las cosas malas que le pasarían, llorando le contó de todos los hijos de sus vecinos que se unieron a esa caterva de degenerados y ahora estaban muertos o en la cárcel, hasta lo encerró en su cuarto una semana entera. No hubo manera de hacerle cambiar de parecer. Un día se largó y nunca más regresó hasta cuando lo fueron a enterrar. El cuerpo abaleado de su hermano amaneció tirado como un perro en la puerta de su casa. Así fue como su mamá lo encontró una mañana tempranito cuando salía para el trabajo. El dolor desgarrador de que se haga realidad la peor pesadilla. Los alaridos despavoridos de su madre despertaron en Mángel la promesa de nunca ser parte de aquello. Prefería tratar la otra manera. Para él, no robarle a su madre otro hijo era una obligación. No se iba por cobardía sino por amor profundo.

Dio vueltas un buen rato tratando de ubicar el barrio de ese hombre. A pesar de saberse bastante distante de donde se topó con el Karma, mentalmente todavía se sentía acechado y temía que de alguna manera lo localizarían antes de alcanzar su objetivo. Después de todo, esos mafiosos tenían ojos y oídos en todos lados y ya tenían decidido que él era el reemplazo de Nando. Se estremeció pensando en lo que le harían al capturarlo y lo que le obligarían a hacer una vez que fuese parte de la cruel mara. En ninguna de sus fantasías salía bien parado. Desaparecer era mejor que quedarse. La diminuta flama de la esperanza se afincó en su corazón ayudándole a motivarse a continuar la búsqueda.

Al cabo de una hora y cuando ya empezaba a dudar de la existencia de la dirección que le escuchó al hombre decirle a su mamá, vio de pronto una muchedumbre que se agolpaba frente a una casa de construcción sólida y brillantes colores en una calle sin pavimentar. Se alegró al ver la nube de polvo que se levantaba alrededor del lugar. Sabía que por fin había localizado la primera puerta de muchísimas que tendría que encontrar hacia su ansiada libertad.

Pryce Collins fumaba frente al café en donde había quedado en encontrarse con un nuevo posible comprador para su firma. Las pitadas las daba con frecuencia, chupando de una manera agresiva, como quien acaba de pagar por una puta y quiere que ella se entregue por entero al acto de darle placer y encima finja que a pocos metros, detrás de la puerta, en el pasillo caldeado por los olores de la noche en el distrito prohibido, no le esperan ya dos o tres hombres saboreando en sus pupilas lo que harán con ella. Parecía un acto de desesperación. El último cigarrillo disponible *ever*. Era más bien un acto de rebeldía. Le tenía prometido a su esposa que ese sería el año que dejaría atrás la tos de fumador y ahora no le quedaba otra que hacerlo a escondidas de Hanna. ¡Ni que ella no lo supiera! El olor del humo lo delataba, pero los dos se hacían los idiotas. La verdad que esa pelea no valía la pena.

Collins vio que se estacionaba un Tesla último modelo y del reluciente automóvil bajaba un hombre moreno de inmensas medidas que de inmediato le sonrió mientras le hacía adiós con la mano. Mientras se acercaba a la vereda en donde se encontraba Pryce, éste pudo notar lo arrugado de la ropa que llevaba el invitado. Todo, hasta el saco, se presentaba de una manera desastrosa. Hizo una mueca de confusión.

¿Este era el millonario con quien pretendía hacer negocios?

—Es mejor para el planeta —dijo el hombre a modo de respuesta a su gesto.

—¿Qué es? —preguntó Pryce.

—No planchar la ropa —contestó el hombre y alargó la mano desde una distancia considerable hasta darse con la de Pryce y luego colocarle la otra mano encima en señal amistosa.

—Ya veo —contestó Pryce tratando de sacar su mano comprimida de entre las de su nuevo amigo. Temía que le hubiera roto una falange—. ¿Es el señor B?

—Sí.

—¿Procedemos entonces?

—Primero lo primero, *brother*, no hay ningún apuro. ¿Café?

—¿Café?

—Sí. Este café me encanta porque además de tener los mejores productos, únicamente les compran a los distribuidores que utilicen las prácticas de comercio justo con los productores en los países en desarrollo. ¡Hay que ser responsable! —dijo y empezó a cruzar la calle.

Pryce caminó detrás de él preguntándose si tal vez había cometido un error. A este hombre no lo veía como buen prospecto.

El señor B se acercó al mostrador y pidió un *frappuccino* de caramelo extragrande.

—Me muero de hambre. Mi esposa me tiene a dieta —dijo a manera de explicación.

—Y la mía no me deja fumar… —contestó Pryce.

Los dos rieron.

Al momento de pagar el señor B saco un clip con billetes de a cien dólares y le dio uno al barista.

—Quédate con el vuelto —le dijo.

—Muu…chas…Muchas gracias, señor. Qué Dios lo bendiga —contestó el muchacho sonriente.

—Estos pobres chicos de ahora no ganan lo suficiente. Una buena propina de vez en cuando les cae bien —dijo el señor B mientras recogía su café.

—¡Pero le ha dado una cantidad exorbitante! —pareció quejarse Pryce.

—¡Tonterías! A mí me sobra y a él le falta —contestó el señor B buscando dónde sentarse—. Lo que doy hoy regresa a mí mañana multiplicado por mil.

—Ya veo —contestó Pryce mientras pensaba a qué jugaba el señor B. ¿O es que quería impresionarlo? Después de todo, esta reunión era algo así como una entrevista para ver si podían asociarse.

Se sentaron en unas butacas al fondo del concurrido local. Bebieron en silencio por un momento, disfrutando del sabor del café y del ambiente íntimo. A ratos Pryce se preguntaba cómo enfocaría la conversación. De los cientos de clientes con los que él había tratado últimamente, el señor B se le hacía bastante diferente, empezando por el hecho de no querer ir de frente al tema de la transacción. También se dijo que existía la posibilidad de que el hombre estuviese usando una careta frente a él. No le veía un aro en el dedo anular, así que la esposa que no le dejaba comer podría ser una invención completa. Igual pensó que era mejor si su socio no le debía explicaciones a ninguna mujer al llegar a casa. Daba lo mismo, lo único que le importaba es que no fuese un lengua suelta.

—¡Delicioso! —dijo por fin el hombre secándose con una servilleta la espuma varada en su frondoso bigote.

—Así es —replicó Pryce tratando de deducir si ese era el momento de iniciar las negociaciones.

—Sabes qué, Pryce, esta reunión no es para mí.

—Ah, ¿no?

—No… exactamente —contestó moviendo la cabeza.

—Y entonces… ¿para quién?

—Para mi comunidad.

—Su… ¿comunidad?

—Sí. Me refiero a hombres como yo. ¿Sabes? Hombres de piel oscura a los que les sobran los recursos pero que no tienen la oportunidad de… ¿cómo me explico? De tener acceso directo y sin levantar sospechas a lo que tú me ofreces. ¿Entiendes?

—Entonces… si hago negocio con usted… ¿eso quiere decir que nos puede abrir un nuevo mercado, traernos clientela?

—Ya me vas entendiendo, Pryce —contestó el señor B dándole una palmadita en el hombro—. Pero hoy no es el día que cerramos contrato. Primero nos conocemos y luego hablamos.

Miguel Ángel estrujó su delgado cuerpo por entre el gentío; peleando con codos, piernas, traseros brazos y puños logró pasar al frente y se vio entonces rodeado de otros jóvenes. Eran unos veinte, o por lo menos eso fue lo que contó, la mayoría eran varones adolescentes, como él, aunque también distinguió algunas hembras.

Apenas terminó de repasar la escena con su mirada le llamó la atención una voz fuerte y ronca que se dirigía a la multitud. Subió la mirada hasta ubicar la fuente del sonido. Se trataba de un hombre que hablaba desde el techo de una casa. Tenía un megáfono en la mano y de vez en cuando pausaba su discurso y lo bajaba para poder medir las reacciones de quienes lo escuchaban. Era el hombre que estuvo charlando con su mamá; y apenas terminó de dar sus instrucciones, lo reconoció y con un gesto afirmativo le dio la bienvenida. Luego le dijo:

—¿Vos te unís entonces?

Mángel movió la cabeza en respuesta positiva y luego lo miró para asegurarse de que aceptaría llevarlo.

—No tengo dinero —explicó.

—¿Tampoco llevás nada? —contestó el hombre al verlo sin carga.

Mángel se dio cuenta de que la mayoría traían consigo una mochila para el viaje. Quería regresar a su casa, despedirse de su familia, pedir la bendición y juntar lo que necesitaba para el trayecto.

—Andá, regresá a tu casa y venís cuando de verdad estés preparado.

Mángel lo miró con ojos tristes. El hombre le hizo un gesto con la mano para que le esperase donde estaba y dando la vuelta se alejó de la cornisa. Al rato estaba al lado del niño.

—Decíme: por qué estás así, casi que llorás…

—Es que no puedo ir a casa. Me buscan para meterme a la fuerza a la mara. Yo no quiero. No puedo aparecerme por donde vivo… Mejor que piensen que me morí o que me secuestraron para ponerme de puto —dijo tragándose los mocos que ya estaban a punto de descorrerse de la nariz a los labios.

—¡¿Y vos qué sabrás de eso, condenado?! —contestó el hombre confundido.

—Yo sé todo… ¡No soy tan chico como parezco! —replicó inflando el pecho para mostrar su bravuconería.

—Ya, ya. Déjese de cosas. A la madrugada vamos juntos a su casa —replicó con una media sonrisa de enfado falso.

—¿Y el dinero?

—¿Vos qué sabés hacer?

—Es que no sé exacto qué necesitarían, pero por ejemplo puedo correr rápido, acercarme sin que me vean, construir con ladrillos, armar carpas, lavar platos, cuidar de los más chiquitos y hasta cocinar un poco.

—Enseñá tus muelas —dijo el hombre y Miguel Ángel levantó la cabeza hacia él y abrió la boca lo más grande que pudo.

El hombre metió dos dedos y bajó la mirada para inspeccionarlo. Cuando terminó sonrió.

—En todo caso te sacamos las muelas para hacernos del oro —respondió satisfecho.

Mángel se sintió nervioso ante la propuesta, pero asintió ya que estaba casi seguro de que aquello no sería necesario.

—Mi nombre es José Pablo Barahona, pero todos me dicen el Puente por los viajes que hago al norte. ¿Vos querés irte hasta allá?

—Hasta donde se pueda... Hasta donde sea lejos de aquí —replicó Mángel, quien nunca había estado fuera de su pueblo siquiera y cuya idea de irse del país estaba alimentada por lo que otros contaban.

—Son varios días de camino a pie... más de una semana —contestó el Puente—. Es peligroso y muchos se mueren en el camino —le dijo en susurros mientras acercaba su rostro al del niño.

Mángel lo miró con sus ojos negros abiertos de par en par. La piel se le crispó. Sintió lágrimas de rabia aflorando, pero se las tuvo que contener, no podía mostrarse mariquita frente al Puente. Y, sin embargo, el panorama se veía tétrico para donde mirara. A un lado, la pandilla, la violencia, la muerte casi segura; al otro lado, la búsqueda del tesoro que si tenía suerte podía encontrar en ese otro país, los muchos obstáculos en el camino, la violencia, la muerte casi segura. Se parecían mucho en realidad, aunque el plan de dejar su tierra era el único que tenía la posibilidad de un final positivo. No tenía alternativa, tenía que saltar al abismo sí o sí. Por lo menos si moría tratando de llegar a esa vida mejor, su mamá no tendría que velar su cuerpo masacrado, moriría lejos y así le evitaría el dolor.

Miguel Ángel dormía con los otros en un corral para gallinas que don José Pablo tenía en la parte de atrás de su casa. Después de horas de dar vueltas en el petate de esterilla que le dieron, pudo por fin conciliar el sueño; pero la pesadilla de verse atrapado por la feroz mara antes de salir del país lo persiguió incluso durante ese breve descanso. Se veía corriendo por las calles de su pueblo, llevándoles ventaja a los pandilleros que no dejaban de acecharlo por donde fuera. Sin importar su rapidez y astucia, pronto lo llegaban a tomar por los brazos y llevarlo hasta su escondite en donde lo castigaban por haber intentado fugarse y lo marcaban a fuego con el sello de la mara.

—Despertá —dijo el Puente sacudiéndolo con las manos.

Mángel gritó y trató de defenderse a puñetazos.

—Es una pesadilla —respondió el hombre cubriéndose el rostro y retirando el cuerpo—. Soy yo, don José Pablo. Estás a salvo aquí —le explicó mientras le ayudaba a levantarse.

Mángel se sintió avergonzado por su exabrupto y sin decir nada se puso de pie y siguió al Puente a la calle. Una camioneta pequeña los esperaba. Don José Pablo colocó a Miguel Ángel en el medio del asiento corrido y luego él se sentó al lado de la ventanilla.

A esa hora, con poco tráfico, el recorrido que le tomó a Miguel Ángel una hora y pico lo hicieron en minutos. Al llegar a la casa del joven, el chofer dio un par de vueltas a la manzana para asegurarse de que nadie estaba vigilando el hogar. Luego se cuadraron en la vereda de enfrente y esperaron la señal convenida con el amigo del tío, quien en la tarde se había acercado para poner a la familia sobre aviso. Pocos minutos después, la luz de la sala se encendió y apagó y luego un velón con lumbre fue colocado en el alféizar de la ventana que daba a la calle. Al ver eso, el Puente se sintió seguro.

—Vamos rápido a que te despidas y pongas juntas unas cositas que necesitas para el viaje —le dijo el hombre a Mángel mientras le indicaba al chofer con un gesto que se estacionara en una calle aledaña y los esperara con el carro apagado y él fingiendo dormir, como hacían siempre que no querían llamar la atención. El piloto le devolvió la mirada, asintió y partió apenas los vio entrar a la casa.

Adentro, todos los esperaban despiertos y sumamente conmocionados con la partida inminente del hijo que ahora era el mayor. Su madre fue la primera en acercarse. Tenía la vista fija en su niño, como si quisiera grabarse al detalle la imagen del que partía, era posible que para siempre. La posibilidad de volverlo a ver no era muy alta. Ella entendía que esa noche todos sacrificaban la vida en familia por la oportunidad de salvarle la vida.

—Para que no nos olvides —le entregó una de las pocas fotografías a color de toda la familia mientras lo abrazaba y lo llenaba de besos maternales.

Poco a poco, cada uno se fue acercando y ofreciendo lo que tenían: ideas, cariño, optimismo.

El Puente se fue con el tío de Miguel Ángel a hacerle una mochila con lo que necesitaba. Una muda de ropa, botas, la chumpa con los colores de su equipo favorito, medicamentos y ungüentos para el dolor, desodorante, pasta de dientes y cepillo, el celular y su cargador, una linterna, una manta delgada, fruta y unos dulces. Fueron colocando cada cosa en su lugar. Al terminar ese proceso, su tío sacó de su bolsillo todo el dinero que tenía y se lo dio al Puente.

—Cuídemelo —dijo su tío llenando una botella vacía con agua—. Y nos hacen llegar noticias si pueden —concluyó y con la lentitud de la tristeza le pasó el recipiente lleno.

Hanna Prescott terminó su clase de estudio de la Biblia con las señoras de la congregación y se dirigió al templo para dejar listo lo que necesitarían al día siguiente para el primer servicio del domingo. Cantando himnos de alabanza acomodó las sillas, dejó el boletín informativo cerca de la puerta de entrada, puso las canastas para recoger dinero y los sobres para el diezmo en sus estaciones y revisó que los micrófonos y monitores funcionarán. Pasando por el altar se cercioró que copias de las lecturas estuvieran colocadas en el púlpito y que el baptisterio se encontrase preparado para todos aquellos que quisiesen bautizarse y recibir la salvación al día siguiente.

Al finalizar su recorrido de inspección, Hanna apagó todas las luces y se enfiló por un largo pasillo hasta llegar a la oficina de servicio a la comunidad. Ya iba a cerrar cuando se dio cuenta de que el pastor todavía se encontraba en su despacho.

—Buenas noches, Hanna. No me vayas a dejar encerrado como la última vez —reclamó el pastor al tiempo que se reía para dejarle saber que no le guardaba rencor alguno por aquella noche fría que tuvo que pasar al inicio del invierno.

—Espero que después de lo sucedido ya se sepa el código para desarmar la alarma, pastor Clark. No es que sea tan difícil acordarse de unos cuantos números, sobre todo cuando son los que usted mismo escogió —contestó Hanna mientras ordenaba la oficina del pastor.

—Deja, no me guardes todo… que necesito mis cosas todavía —replicó el pastor levantándose de su silla para detener a Hanna. Le gustaba que fuese organizada, pero a veces no podía lidiar con su compulsión obsesiva por mantener todo limpio y en su sitio—. Vamos, es hora de que regreses a casa; tu marido se va a quejar conmigo si no llegas a tiempo para preparar la comida. Aparte, todavía me queda para rato con el sermón de mañana.

—¿Puedo ayudar? —se ofreció Hanna.

—Es un tema difícil. El que lo escuche va a necesitar de toda la convicción posible para no darle una interpretación equivocada. Tengo que buscar mis palabras con mucho cuidado.

—Soy buena con sinónimos —insistió Hanna.

—Esta vez necesito escribir en la soledad de mi oficina. De todos modos, ya somos muchos; entre yo, mi conciencia y Dios creo que hay suficientes voces —contestó el pastor y se acercó hacia la puerta con la intención de que la mujer entendiese el mensaje—. Vete a casa, Hanna. O voy a empezar a pensar que no te quieres ir porque hay algo en la familia que no quieres enfrentar.

—¿Cómo cree pastor Clark? ¡Ya! ¡Captado el mensaje! ¡Me voy! —replicó y tomando su bolso le hizo adiós al pastor y se alejó.

El pastor Clark dio un largo suspiro de alivio al verse por fin solo y retomó entonces la oración en donde el cursor había quedado pendiente. Intentó diferentes versiones de lo que quería decir, pero cada vez su corazón le daba tirones, como si Él mismo estuviese tratando de intervenir y hacerse escuchar. Incluso así, Su voz no llegaba hasta la mente de Randy Clark. No con la claridad y volumen que él hubiese deseado. Este sermón en verdad que le estaba costando. Necesitaba las palabras perfectas. ¡Un dictado directo del Cielo mismo es lo que necesitaba! Y es que estaba seguro de que su postura en este caso le podría costar algunos miembros de la pequeña congregación. Bastante esfuerzo había puesto para construir una familia que estuviese dispuesta a darlo todo por el Reino de Dios y ahora se veía ante la disyuntiva de arriesgar lo ganado o quedarse callado. Miró hacia la puerta y no pudo ver más que oscuridad. *A lo mejor hubiese sido una buena idea dejar que Hanna me ayudase. Ella es lista y buena con la intuición. Es como si siempre supiera cómo responderán los feligreses a determinado tema*, se dijo, arrepintiéndose de haberse deshecho de ella solamente porque sus compulsiones con la limpieza y el orden lo desconcentraban.

El timbre del teléfono lo sacó de sus cavilaciones. Era Hanna, que venía de regreso porque olvidó su tejido y quería avanzarlo esa noche mientras veían algo en la tele. Al poco rato la sintió estacionar. El pastor meneó la cabeza. *Seguro que se detuvo a comprar unos dulces en la chocolatería que queda a pocas cuadras de la iglesia y por eso no demoró nada en volver*, se dijo. *¡El dulce es su perdición!*

Escuchó que Hanna desarmó la alarma y sonrió. *Hubiese estado de nuevo varado dentro del edificio porque igual no recuerdo el bendito código*, pensó. *¡Alabado seas Señor que Hanna tuvo que volver!*

Al poco rato, tejido celeste y palillos en mano, Hanna se asomó desde el umbral de la puerta.

—Perdón… me olvidé… —dijo la mujer a modo de excusa—. ¿Esto? Es un gorrito para uno de los bebés con las mamás nuevas —explicó cuando se dio cuenta que el pastor tenía la mirada perdida en su tejido—. Ya le hice las botitas y luego hago el resto del juego.

—Eres una santa con esas mujeres… primero las salvas de abortar y luego las ayudas a salir adelante —contestó el pastor—. ¡En dónde estarían esas almas si no fuera por ti!

El pastor se quedó callado por un momento. Todavía en la puerta del despacho, Hanna parecía esperar a ver si el ministro de Dios le daba algo más que hacer antes de marcharse. Al ver que no salía de su ensimismamiento, se atrevió a preguntar:

—¿Necesita algo más antes de que me vaya, pastor Clark?

El pastor la miró distraído y sin contestar a su pregunta se puso a escribir mientras murmuraba:

—Eso es exactamente lo que quieres que diga, ¿no es así? ¡Esas almas necesitan ser rescatadas y nos vas a usar a nosotros para hacerlo! ¡Bendita Hanna banana, me rescataste figurativa y literalmente!

Por fin el día llegó y el grupo emprendió su camino. Miguel Ángel se colocó cerca del Puente, pero hacia el borde, de manera que tenía la libertad de avanzar para ir avisando con anticipación de cualquier problema en la ruta y así poder ir salvando obstáculos. Eran unos pocos al comienzo, nada más los niños y don José Pablo avanzando sobre terrales a la salida del pueblo. De lejos parecía un grupo escolar y su maestro yendo de excursión.

Poco a poco se fueron conociendo. Los temidos peligros se encontraban todavía a muchos días de camino y por el momento iban armando el barullo normal de la juventud. Como en las fiestas de los de su edad, las hembras se pusieron para un lado y los varones para el otro; o, mejor dicho, ellas adelante y ellos atrás. Ellas volteaban de rato en rato a mirarlos y les coqueteaban como solamente las de su edad saben hacerlo: con timidez, con risitas, con gestos angelicales que bordean en lo ridículo. Ellos iban felices de ser la tropa de la retaguardia, príncipes de cartón sin guerra ni armamento, cultivando con la mirada las visiones de esas hembras apenas empezando a desarrollar, que ellos transformarían en sus mentes en sinuosas mujeres apasionadas y deseosas, ofreciéndoles valles y cimas durante las incontables noches en que únicamente ese placer mental los salvaría de mearse del miedo ante la profunda oscuridad de los cielos sin luna ni estrellas.

Al segundo día de caminata, a unos pocos kilómetros luego de cruzar por un pueblo de apenas tres manzanas de raquíticas casas con sus otrora colores vivarachos vencidos por la lluvia y el polvo que levantaban todos los que pasaban por la única avenida del lugar, Miguel Angel avistó un grupo similar al suyo.

—Don José Pablo: Viene alguien más —gritó acercándose a su líder. A su lado corría Kisaura, quien también había sido asignada a la patrulla de adelanto junto con Mángel.

—Es un grupo de chicos y chicas como de nuestra edad y un señor como de la suya —ofreció Kisaura deteniéndose al inicio de la columna y le pasó los binoculares al Puente.

Don José Pablo tomó los lentes de larga distancia y observó por un momento a los que caminaban ya bastante cerca de ellos.

—Vienen con nosotros —dijo a manera de explicación y pidió que se detuvieran del todo para esperar al segundo grupo. Mángel y Kisaura se miraron con desconcierto, recién se enteraban de esta novedad—. Van a ser varios grupos —explicó el Puente levantando la mano para saludar al líder—. Eso sí: vamos a ir juntos, pero no revueltos. Conviene viajar acompañados, muchachos. Mientras más vamos menos posibilidad de que nos ataquen o nos roben… Lo que sí, a la hora de cruzar cada grupo por su lado.

Al llegar al punto de encuentro los hombres se saludaron como viejos amigos mientras que los jóvenes se medían con la mirada. Cada persona que se cruzara con ellos en ese trayecto podía convertirse tanto en una ayuda como en un estorbo. Cada cual entendía bastante bien que a la hora de la hora, cada cual bailaba con su propio pañuelo. Pero por el momento harían lo que los mayores les dijeran. Todavía estaban en territorio patrio y era mejor guardar la energía para cuando realmente la necesitaran.

—Bueno, hay que presentarse entonces —dijo Kisaura mirando a los que parecían ser los chicos de adelanto en esa tropa—. Él es Miguel Ángel, pero le dicen Mángel, yo soy Kisaura, y nuestro líder se llama don José Pablo Barahona, pero le dicen el Puente —explicó apuntando con el dedo a cada uno.

—Yo me llamo Jonash y ella es Vivíca. El señor que viene con nosotros es el Clavo. Nunca dijo su nombre verdadero… —contestó el joven, sintiéndose aturdido al darse cuenta del forado en su información.

—Da igual, cerote —intervino Vivíca—. Nos vamos pa'l norte y de ay nos despedimos y ya. ¿Qué importa cómo se llama? ¡Lo único que importa es que lleguemos completos!

Puente y Clavo les indicaron que podían descansar un rato mientras arreglaban unos "asuntitos" entre ellos; así que los chicos se sentaron a tomar agua en un empedrado bajo unos árboles.

Rob Edwards se despertó como siempre a las 4:37 de la mañana. Y, como siempre, saltó de la cama, miró con ternura a su mujer, tomó la ropa y zapatos que dejó listos la noche anterior y de puntillas caminó hasta el baño del cuarto de visitas. No importa de qué humor estuviese, cuidar el sueño de su Emma se ubicaba en un puesto alto en su lista de cosas de importancia en su vida.

Una ducha rápida y helada para despabilarse y pasó a afeitarse y peinarse antes de ponerse su uniforme verde oscuro. Se cuadró frente al espejo de cuerpo entero y revisó que cada cosa estuviera en su lugar. Luego fue a la caja de seguridad, ingresó el código y sacó su arma.

Antes de bajar, regresó a su habitación para darle a Emma una última mirada. Se acercó a la cama que compartían y por un momento la observó. Era la chica más linda del pueblo, sin duda. Lo era para él, en todo caso. Se arrodilló a su lado y le dio un beso en los labios.

—Cuídate —le dijo ella pasando su mano caliente por su mejilla mientras le ofrecía una sonrisa de mujer enamorada.

—Lo haré —contestó Rob paseando su mano por las curvas de su mujer.

—Ya. Mejor te vas, que si nos ponemos a juguetear vas a llegar tarde —susurró Emma.

Rob la besó de nuevo y poniéndose de pie se despidió.

—Te veo más tarde.

—No te olvides que tenemos prenatal esta noche.

—Claro que no. Es lo más importante de mi día.

❋❋❋

Clareaba cuando empezó a manejar los diez kilómetros de distancia que distaba de su casa a la de su colega, Lucas Moreno. Ya estaba él esperándolo taza en mano cuando Rob se estacionó.

—¿Ya estás listo? —le dijo—. ¿No tienes que sacar al perro o comprarle leche a tu esposa o alguna otra cosa? —se burló. Tenía la costumbre de llegar unos minutos más temprano para acomodar el tiempo de espera a que Lucas terminase con sus quehaceres de último momento.

—¡No, hermano! Hoy le toca a la doña —contestó risueño su compañero mientras se terminaba el café y dejaba la taza en los escalones cerca de la puerta principal de su casa—. ¿Quieres rellenar el termo antes de irnos?

—No te preocupes. Igual pasamos por algo de desayuno en el camino y ahí lo hacemos. Lo que sí: te falta algo… —dijo mirando con fastidio el uniforme ya ajado. Su compañero no era tan perfeccionista como él.

—Ah, ¿sí? ¿Y qué me falta? —preguntó mientras revisaba lo que llevaba puesto.

Rob lo dejó tratar de darse cuenta por sí mismo. Y por fin perdió la paciencia:

—Tu arma. ¡¿Dónde está tu arma?! —le preguntó exasperado.

Lucas hizo un gesto, subió los escalones, recogió la taza, abrió la puerta y entró a su casa. Al rato salió con la pistola en sus manos.

—Póntela en la pistolera —lo reprimió Rob.

—Estás hecho una llorona, compadre. ¿Te ha venido la regla? —bromeó mientras le daba una palmadita.

—Ya. Sube, que estamos tarde —le contestó agrio—. Y nunca te burles así. Si no fuera por la menstruación de las mujeres no estaríamos aquí. ¡Respeta, hermano! —dijo y lo miró muy serio.

Lucas se dejó de cosas y apurándose se subió a la camioneta de su jefe.

—Tienes razón —le dijo contrito y se quedó callado. Pero al rato no pudo con su lengua—: Aunque… en verdad… ya no mames, güey, que no todo es serio en esta vida.

—A las mujeres y los niños no se les toca. ¡Ni en broma! —contestó Rob y pasó la mano por la funda de su pistola.

—Bueno, bueno. Ya. Que no queremos empezar el día mal. Era solamente una broma…

—De mal gusto.

—De pésimo gusto. Yo a las mujeres las pongo en un pedestal. Sobre todo a la mía… a las mías —dijo con su meloso tono de conquistador.

—¿Cuándo vas a dejar de ponerle los cuernos a Lupe?

—No empieces… eso es mi asunto… Soy un hombre con demasiadas necesidades, Rob. Con una no me alcanza. Eso sí: todo con respeto. Ya sabes que mi esposa es la Lupita, el resto son para las noches tropicales —explicó y empezó a tararear un bolero antiguo.

—No tienes salvación —murmuró su jefe al tiempo que estacionaba cerca de un tráiler que ofrecía comida al paso a la salida de la carretera.

Cada cierta cantidad de pueblitos se les iban uniendo otros grupos. O tal vez sería mejor decir que ellos se acoplaban a un siempre creciente bolondrón de seres humanos que al llegar al lindero fronterizo de su país con el próximo a recorrer ya eran varios miles.

Miguel Ángel se entretenía fijando en su memoria la ruta tomada, los nombres de los lugares caminados le parecían tan singulares como trabalenguas o contraseñas; con sus *pequetepeques,* sus acabados en *tans* o *bans,* sus combinados de *tes* y *eles* y *exis* extravagantes, colocados aquí y acullá como adornos lingüísticos en reconocimiento a los indígenas que antes reinaron sobre esas tierras en donde pocos siglos después sus descendientes apenas si sobrevivían su despótica escasez. Llevaba también cuenta mental de todos y cada uno de los caminantes, el nombre y hasta el apodo para quien prefería usar un sobrenombre, si viajaban solos o acompañados, qué vestían, qué llevaban consigo y de dónde venían. De esa manera iba imaginándose historias de acuerdo con lo que veía, lo que escuchaba y el humor que él traía en esa parte de la ruta. Tenía también la clara y tan apremiante como desagradable sensación de que no todos llegarían al destino trazado, así que de alguna manera quería recordarlos por si en algún momento les pasaba algo. Mángel nunca destacó en sus estudios, pero su memoria era envidiable y su inmensa capacidad de análisis a su corta edad lo hizo sobresalir de entre los menores de edad que avanzaban con la masa de pobladores que intentaban alcanzar aquel famoso "sueño norteño" del que todos hablaban con intensa emoción.

Como hormiguitas se iban sumando los que huían de aquella pobreza absoluta. Y cada que alguien se les unía era como si el optimismo de quien recién empezaba la maratón les proporcionase nueva energía a los que ya llevaban muchos días en el camino y se sentían desfallecer. Miguel Ángel podía apreciarlo, corriendo distancias cada vez más grandes, cuidando de su flanco y "sus chicos", tenía la oportunidad de ver por sí mismo la evolución del grupo con cada inyección de nuevos puñados de gente.

Por lo general la caravana iba tranquila, ocupando el ancho de las avenidas cuando cruzaban por caseríos y el de las carreteras cuando las veían desocupadas de tráfico. No hablaban fuerte por temor a llamar la atención equivocada, aunque se escuchaba un susurro como el de las chicharras al atardecer que abarcaba muchos kilómetros y podía ser percibido desde muy lejos. De vez en cuando, sobre todo al salvar un obstáculo difícil como un puente desvencijado o un río poderoso, alguien empezaba un cántico de alabanza al Dios que los protegía y entonces un coro de cientos y miles de voces se entrelazaban subiendo al Altísimo el agradecimiento comunal.

Devoción al Divino aparte, y con el respeto debido al Todopoderoso, era tanto el fervor que esas personas le tenían a sus líderes, que los grupos seguían a pies juntillas todo lo que les pidieran hacer. *Después de todo*, los miles pensaban acerca de los pocos, *estas personas ya han hecho todo el trayecto muchas veces*. No tenían idea de lo poco preparados que estaban para lo que tendrían que enfrentar al llegar a la Tierra Prometida.

Cruzando la manada, Kisaura de vez en cuando le hacía gestos a Mángel. Juntos desarrollaron una especie de lenguaje de señas que fueron compartiendo con Jonash y Vivíca durante los pocos descansos que tomaban. A su vez, los otros dos jóvenes los entrenaron para que supieran defenderse durante una pelea cuerpo a cuerpo que el Clavo les había advertido podía suceder en el momento menos esperado. Como quien rebota una pelota, los cuatro líderes extendían lo que iban aprendiendo a los otros en sus grupos. La idea era que mientras más chicos supieran lo que ellos sabían, mejor protección tendrían todos.

Seriedad y todo, los chicos no dejaban de tener la edad que tenían, así que para ellos aquello era la aventura más grande de su vida y disfrutaban cada momento con la alegría de sus corazones todavía ligeros. Kisaura y Jonash eran los más sueltos de preocupaciones, riendo y jugando ayudaban a olvidar la gravedad de la situación, las tripas pedigüeñas, los zapatos rotos, los músculos acalambrados. En tanto Mángel y Vivíca, tal vez por ser un poco mayores, se encargaban de aliviar los muchos pesares de los que estaban a su cargo con curitas y mertiolate, tomando temperaturas, asegurándose de que siempre estuvieran hidratados, y hasta inventándose entretenidos cuentos en los momentos en que los veían decaídos.

Las tremendas historias ideadas por Mángel con la fantasiosa información que iba acumulando al escanear mentalmente a cada pasajero luego brotaban de sus labios para deleitar a las tropas con relatos acerca de cada uno de sus acompañantes. Si el cuento era bueno y sus deducciones acerca de la persona bastante cercanas a la realidad, entonces el muchacho se ganaba un vaso con agua extra o media fruta. Eran esas pequeñas cosas las que hacían toda la diferencia. Pero si el cuento era malo y sus inferencias desacertadas, entonces él tenía que cargar el bulto de la persona en cuestión. Los retos constantes ayudaban a que las horas se deslizaran un poquitín más rápido y que las preocupaciones pudieran descansar por un instante.

Además de los relatos de Mángel, uno de sus pasatiempos favoritos era el de entonar las canciones de sus adorados programas norteños de la tele. Sin importar si las letras eran correctas o si la pronunciación de las palabras en inglés precisa, el inagotable cancionero los acompañó paso a paso, dándoles fuerzas para continuar incluso cuando las piernas les temblaban del cansancio.

Shelley Wilson deseaba un bebé más que nada en este mundo. Ya bordeando los cuarenta, se arrepentía de no haber tomado esa decisión una década antes, cuando todavía tenía las riendas sobre su cuerpo y su destino. Su estilo de vida, su carrera, sus vacaciones, su vida social, su físico siempre fueron primeros; y ahora los años la traicionaban con un golpe bajo: menopausia prematura. Como una fruta reservada para mejores tiempos, el límite de espera llegó a la fecha de expiración, su útero se arrugó del todo, se volvió inservible. Ningún especialista podía salvarla de aquel cataclismo interior, de esa decepción, de ese vacío que solamente una criatura podía llenar.

Y ella se castigaba sin parar por lo acordado dentro de sí cuando todavía no tenía idea de lo mucho que su yo maduro renegaría por los pasos tomados en la juventud. Uno y otro día abiertamente espiaba a las madres bendecidas con un cuerpo que no les negaba los preciados anhelos, sino que, como la lámpara de Aladino, bastaba tocar para de inmediato hacer realidad el deseo de la vida creciendo en ellas. Llevaba varios meses entremezclándose en los lugares que ellas frecuentaban con los pequeños. La felicidad de las mujeres y sus críos la volvía temporalmente insensible a su propio dolor. En una ciudad grande, como la suya, no le era difícil encontrar las tribus de madres con recién nacidos, los grupos de apoyo a mamás primerizas, las reuniones de juego para los que ya requerían actividades, los círculos de lectura para la estimulación de la imaginación y el aprendizaje temprano de la lectura. Ella era un elemento fijo en parques, centros comunitarios y bibliotecas públicas. Disfrutaba su participación desde lejos como nunca había disfrutado los logros profesionales o los tantos pequeños lujos que una vida acomodada le confirió. En la mente de Shelley nada podía igualar el gozo que sentía al estar meramente cerca de lo que más quería en ese momento en su vida. Y cuando ella se ponía un objetivo, no paraba hasta lograrlo.

Ya en su imaginación empezaba a forjar un cuadro en el que se veía como la matriarca de una familia. Uno o dos hijos. Lo mejor de lo mejor en sus estudios. La adorarían. Ella sería la madre perfecta, la que nunca tuvo. Su hogar sería maravilloso, muy diferente de las casas de acogida en todo le tocó vivir como si fuera un paquete que nadie sabía dónde poner. Haría todo tan atractivo que su casa sería el centro de reunión del vecindario: parrilladas y juegos acuáticos en el verano; chocolate caliente y pelis para todos los gustos en el invierno.

Adoptaría. Para Shelley eso sería perfecto. Los únicos inconvenientes para adoptar eran su edad y el hecho de ser soltera. *¡Tantas mujeres que crían a sus hijos solas, pero si quieres hijo ajeno necesitas a un hombre! Vaya cojudez*, solía pensar mientras observaba con envidia a las chiquillas irresponsables y pobretonas que ya tenían hijos. *Debería funcionar al revés: que los niños lleguen cuando una ya es grande, madura, con suficiente dinero como para poder enfocarse del todo* *en la crianza,* analizaba con una rabia que le crecía como una planta rastrera por todo el cuerpo hasta asfixiarla, obligándola a soltar la ira que la consumía mediante incontenibles nubes gruesas de salados chaparrones.

Una vez que el ciclo terminaba, Shelley se sentía liberada, pero de a pocos y casi sin aviso las emociones siempre regresaban a torturarla. Su hermano adoptivo, D'Andre Brown, la encontró en medio de ese mar de tristeza una tarde. Tenían varios meses que no se hablaban y el hombre se sintió terrible cuando la vio profundamente desolada. Sabía que Shelley sufría de las altas y bajas de una depresión que como las mareas del mar entraban y salían de las costas de su vida sin previo aviso, así que puso toda su energía en convertirse en su antidepresivo. Él era el único que la entendía a profundidad, el único que sabía pilotar el lanchón de sus turbaciones hasta llevarla a algún punto, sea puerto o isla, en donde se permitiese descansar, recargar, regresar.

Desde la primera vez que se conocieron fue así. Shelley se derrumbaba y D'Andre la rescataba. El haber vivido juntos tres años en la casa de acogida de la señora Walsh, los últimos antes de llegar a la mayoría de edad, los unió de una manera filial. Eran íntimos amigos, compinches se podría decir, en todo mostraban un frente unido. Nunca existió una relación de amor de pareja entre los dos. D'Andre no parecía tener ese tipo de interés por nadie, mientras que Shelley desertaba las relaciones apenas se volvían "serias"; en el fondo el problema era que no podía lidiar con ser abandonada. En fin, el uno era para el otro toda la familia que tenían.

D'Andre limpió y acomodó las cosas en casa de Shelley, le dijo que se duchara, que se vistiera, la invitó a salir, sentados en los escalones de su pastelería favorita conversaron durante horas. La facilidad de D'Andre para calmarla era inaudita; tal vez era su voz temperada, o su pacífica energía, o su perfecto raciocinio... o todo al mismo tiempo. Su hermano adoptivo era para ella el abrazo preciso, la vibra necesaria, la respuesta perfecta.

—No te puedo ver así, tan triste —dijo D'Andre—. Te prometo que vamos a solucionar. Que antes de que termine este año tú, Shelley Wilson, serás mamá.

—¿Cómo me puedes prometer algo así? —preguntó Shelley dando un emotivo suspiro. Aunque en el fondo conocía la "magia" de su hermano y que cuando él daba su palabra siempre cumplía.

—Creo que tengo un plan en camino. En principio no te incluía a ti, pero puedo hacer una excepción para mi hermana favorita. Tú tranquila, ya verás que de alguna manera vas a poder darle a alguien ese amor que te faltó.

Cada pueblito que iban dejando atrás, cada día que lograban una meta era una victoria celebrada. A lo largo del camino se encontraban con personas que los iban ayudando con lo que podían brindarles: agua, fruta, plásticos y cartones para armar coloridas ciudadelas de miles de carpas temporales en donde resguardarse al caer la noche. Se daban cuenta de los pequeños milagros que cada etapa les ofrecía y los tomaban como si en aquella compasión de desconocidos vieran que la suerte estaba de su lado; que, de alguna manera, con lo poquito que tenían para ir sobrellevando el polvo, la sed, el calor y el hambre, cada paso que daban marcaba una señal de que lo suyo era un hecho, que llegarían a gozar de las bienaventuranzas de ese generoso país del norte.

La primera frontera fue bastante fácil de cruzar. Los grupos se separaron en pequeñas tropas y avanzaron por diferentes caminos. La idea básica era que sería más difícil atraparlos si se dispersaban por todos lados como leche desparramada sobre un mantel de hule.

La segunda frontera presentaba un obstáculo casi infranqueable: no existían tantas posibilidades para cruzar y, por lo tanto, tenían que hacerlo por los lugares más seguros. Hubo quienes transaron por tomar atajos por zonas en donde los atracos, la violencia y el crimen era la norma. Aunque, a diferencia de la mayoría de los que venían en la caravana, Clavo y Puente habían logrado vencer el desafío en múltiples ocasiones y salir airosos. Ellos tenían su manera de hacer las cosas y los que los seguían confiaban plenamente en su capacidad.

Descansaron antes de aventarse a pasar un área montañosa seguida de un río cuyo fuerte caudal era temido. La ruta tenía la ventaja de mantenerlos alejados de la muerte, el despojo y los secuestros. Pero, claro, la desventaja era la furia del agua y el tiempo extra que les costaría avanzar por aquel terreno truculento.

La mayoría traían pocas cosas consigo, pero algunas familias cargaban con mucho peso, maletas enteras y carriolas para los bebés, y poco a poco se tuvieron que deshacer de sus pertenencias ya que la carga era imposible de llevar sin que los atrasara y les robara la energía que necesitaban para seguir adelante. Era difícil convencerlos de dejar atrás lo que percibían como "lo único que tenían en este mundo", pero al cabo de un tiempo de mantenerse obstinados soltaban lo que venían arrastrando y al aligerarse entendían que esa decisión era la correcta.

Cuando llegaron al punto del cruce fluvial, se encontraron con un cementerio de objetos abandonados a lo largo de la orilla rocosa. Muchos se vieron tentados de llevarse lo que veían a disposición de quien lo quisiera, pero Puente les recordó que eso sería como ponerse un ladrillo al cuello; y percibiendo en persona el ímpetu de las aguas chocando frenéticas contra las piedras, desistieron.

Ya Mángel, Vivíca, Jonash y Kisaura habían recibido sus instrucciones con anticipación junto con un pequeño cursillo acerca del nado en río. Así que apenas Clavo y Puente les indicaron el lugar exacto desde donde empezarían a realizar la Operación Río Bravo, los chicos pusieron a todos en grupos de diez, colocando a las personas más grandes como anclas al inicio y final de cada columna y les dieron unas sogas para amarrarse a la cintura. Las seis tropas caminaron juntas hasta la orilla. Tres seguían a Mángel, Kisaura y Puente; mientras que las otras tres eran lideradas por Clavo, Vivíca y Jonash. Los líderes iban amarrados entre ellos con una soga horizontal que luego pasaron por cada una de las columnas para ir guiándolos.

Puente y Clavo se miraron y luego recorrieron con la vista a los sesenta y cuatro que iban con ellos. La responsabilidad de llegar al otro lado con todos vivos era suya.

—Síganme los buenos —dijo Puente a manera de arenga y haciéndole un gesto a Clavo y los cuatro chicos empezó a dirigirse hacia el agua.

—Miren para adelante —agregó Clavo—. Miren para adelante y no piensen en nada más que la meta. Así amarrados como estamos o la hacemos juntos o no la hacemos.

—Pongan su peso para anclarse —les recordó Puente.

Las aguas estaban alocadas de la bravura. El sonido de las piedras y el oleaje los asustaba a más no poder. Y es que la gran mayoría nunca se encontró en una situación parecida. Excepto por Ernestina, que unos meses antes intentó hacer la ruta con su tata. Al tratar de cruzar solos, y sin saber nadar, la corriente se llevó a su padre casi en la orilla. Ella se regresó a un lugar seguro y esperó muchos días con la esperanza de que su tata apareciera. Al cabo de una semana, se volvió para su pueblo, pero lo único que encontró fue desolación. La población había partido para el norte. Se unió al grupo pensando que tal vez todavía encontraría a su padre en el camino. Y ahora Ernestina lloraba mientras caminaba con cuidado entre las rocas resbaladizas, colocando sus manos frente a su cuerpo para tratar de protegerse de la marea que arrastraba duro. A ratos se paralizaba por un segundo, pero de inmediato el grupo le recordaba que tenían que seguir para adelante, la vuelta atrás ya no era una opción. Entre todos se apoyaban emocionalmente para no fallar.

—Vamos patoja, vamos campeona —la alentó Clavo mientras Puente mantenía la soga templada al máximo.

—No dejen de avanzar, muchá... *"Pasito a pasito..."* —agregó Mángel.

—*"Suave, suavecito..."* —corearon los chicos haciéndole la chilería a Ernestina.

—¡Pisto pa' todo el que pase con bien! —exclamó Puente, que ya tenía avanzada una buena porción del río mientras casi perdía el piso en la parte honda y levantaba sus brazos para retener control de la soga y la preciosa carga que llevaba amarrada.

—¡Cabal! —respondieron los chicos sacando fuerzas para cumplir con la sección más difícil del reto.

El pastor Clark se apresuró a alistarse. Se había quedado dormido mientras escribía el sermón y cuando se dio cuenta, no solamente ya era de día sino que encima estaba sobre la hora. Se sentía fatal. Sudaba bajo la ducha fría. El terror de enfrentarse a su congregación lo persiguió la noche entera junto con el paquete de zanahoria cruda y hummus que no debió comerse.

Podía sentir su corazón latiendo agresivo mientras se vestía apurado. Sus manos temblaban y de alguna manera abotonarse la camisa parecía demasiado difícil. Quiso concentrarse en las palabras que diría, el mensaje que compartiría esa mañana. La rutina benévola de los últimos años lo convirtió en un ser mecanizado, condescendiente, tolerante; casi se podría decir que tener el favor de Dios le había llevado a claudicar toda responsabilidad hacia el prójimo, sobre todo si ese prójimo no era como ellos. Se sentía avergonzado. ¿Cómo podía haber visto el sufrimiento de tantos y no hacer nada? ¿Qué diría Cristo de él? Entendía que de alguna manera su flexibilidad se debía a lo que él pensaba que estaba haciendo: proteger los intereses de sus feligreses. Igual, su indolencia no tenía perdón. Lo peor es que tendría que convencerlos de que todo lo que les dijo antes era una mentira.

Estaba preparado para lo que resultase de sus palabras. Seguro que algunos se marcharían de la parroquia. Lo importante era que muchos podrían enmendar el error cometido por seguirlo.

Llegó a la cocina con sólo unos minutos para desayunar. Recogió una manzana verde y después de unos mordiscos desistió pues no contaba con el tiempo suficiente para toda la masticadera que tendría que realizar para acabarla. Puso la fruta en una bolsa plástica y la colocó en la refrigeradora para más tarde. Luego se hizo un café del instantáneo, el cual también abandonó al notar que estaba demasiado caliente. *Mejor no*, se dijo, *un dolor de estómago me vendría muy mal en este momento*. Dejó la taza sobre la mesa y tomando los papeles de encima de su escritorio salió camino a la iglesia.

Como de costumbre, fue Hanna la primera en saludarlo. El pastor siempre se mostraba contento de verla, pero esta vez con las justas la saludó y continuó apresurado su camino hacia la sacristía. Mientras esperaba el momento de empezar el servicio dominical oró con humildad, sus palmas abiertas hacia el Cielo. Tenía todavía unos minutos para dar marcha atrás, pero suplicando valentía al Altísimo terminó de rezar.

Ya llegaban los feligreses cuando se apostó cerca a la puerta para ofrecerles la cálida bienvenida. Ninguno se imaginaba que el pastor tan querido, tan normal, estaba a punto de hacer estallar una revolución ese mismo domingo. A partir de ese momento nada sería lo mismo.

El motor fue calentando en la mente del pastor. Las canciones que tanto le gustaban, los pormenores de la adoración, los emotivos testimonios, todo le pareció largo, larguísimo. Su mirada clavada en los papeles sujetados con fuerza mientras él leía y releía. Se le ocurría de pronto hacer cambios, afinar alguna oración, pero veía que el tiempo se agotaba y él buscaba una salida inexistente. Enfrentarlos era su misión.

Por fin llegó el instante de la "muerte" de esa parroquia. El momento exacto en que dejaría caer aquella granada que llevaba en la mano. Al diablo con las consecuencias prácticas. *Lo que hay que hacer se hace*, se dio permiso para avanzar hasta el atril. *El miedo y la ignorancia son los enemigos*, colocó el sermón frente a él. *Hoy toca sacar los hierbajos y plantar nuevas semillas*, levantó la mirada hacia la congregación que en silencio esperaba sus palabras.

—Hermanos: somos la familia de Jesucristo en la Tierra. Nuestros valores son los suyos. La salvación que nos ofrece, la vida eterna a su lado, es para todos nosotros, para todo el que la quiera, no para un grupo exclusivo o selecto. No es únicamente para la gente de este país; o para la gente blanca de este país; o para la gente blanca de este país que profesa una determinada religión. La salvación llega de muchísimas maneras. Por ello nos debería entristecer lo que está sucediendo en la frontera, las puertas que este Gobierno ha cerrado a nuestros hermanos y hermanas menos afortunados. Dios me habló hace unos días, sus palabras de dolor todavía resuenan en mis oídos. Me preguntó por qué, siendo el líder de este rebaño, permitía la opresión a los menores de sus hijos. En revelación me mostró el camino. ¡Hemos estado perdidos, hermanos! Nos hemos creído superiores a los que nos necesitan en este momento. El verdadero camino del justo va de la mano de Nuestro Señor Jesucristo. ¿Y qué es lo que hizo Él?

Alimentó a los pobres, vistió a los necesitados, resucitó a los muertos. Nos mostró la senda de la virtud. Ella recorre por los lugares menos deseados. Se trata de servir, de iluminar la ruta para que otros puedan encontrar a ese Dios Todopoderoso. Por ello hoy me presento antes ustedes con humildad para pedirles una transformación que va desde adentro hacia afuera. No podemos seguir rechazando el llamado de los inmigrantes indocumentados, ellos son el retrato preciso de los hermanos menores a los que se refería Jesucristo. Ignorarlos es igual que ignorar el llamado de Dios mismo. Las caravanas se acercan y nosotros pretendemos que la vida sigue igual, que cerrarles las puertas es lo correcto. Hermanos, eso no es lo que Dios quiere. Nuestro Señor provee. Él enviará a sus ángeles y hará llover maná del cielo. No tengan miedo. Nuestra misión ha sido revelada. Estamos en deuda con Nuestro Señor y nuestros hermanos.

El pastor hizo una pausa para orar por un cambio en los corazones, tal como el suyo había cambiado gracias a la revelación recibida. Los feligreses estaban en silencio, reflexionando esperaba él, pero podía ver la confusión, tal vez la ira, en sus rostros.

—¡Vienen a quitarnos nuestros trabajos! —gritó un hombre indignado levantándose para tratar de sublevar a los otros.

—¡Y el presidente ha dicho que son criminales! —lo siguió una mujer—. Si los dejamos entrar, nos exponemos a lo peor.

—Además, traen enfermedades —le siguió un joven.

El pastor hizo un gesto con sus manos para calmarlos.

—Son seres humanos —contestó—. Y mucho de lo que escuchamos en los medios es una mentira para mantenernos en contra de ellos.

—¿Y qué? ¿Vamos a dejarlos llevarse lo que es nuestro? —dijo el primer hombre manteniéndose firme en su oposición.

—Dios proveerá, siempre lo ha hecho —replicó el pastor impacientándose —. No debemos darles la espalda en su momento de necesidad. Y, como siempre, yo no puedo obligarlos a seguirme, pero nuestra misión ha sido revelada: nos vamos a la frontera. Encontraremos la forma de ayudarlos y Dios nos premiará por nuestra obediencia.

—Púchica, que eso estuvo clavero, muchá —le susurro Vivíca a los otros tres mientras se oreaban sentados en unas piedras grandes en la otra orilla del río. Todavía jadeaba del susto y del esfuerzo de deportista profesional que tuvo que poner para cargar con las vidas de tantos.

—Nunca se sabe lo que puedes hacer hasta que te toca —dijo Jonash con aire intelectual.

—Simón —agregó Mángel pensativo.

Kisaura pareció acordarse de algo y se levantó como pudo ya que el peso del agua en las ropas todavía la jalaba al suelo. Avanzó haciendo ruidos de *swish swash swash swash swish* y se detuvo frente a Puente.

—¿Y el pisto? —preguntó extendiendo la mano.

Puente y Clavo se miraron y lanzaron una estruendosa carcajada.

—¿Pisto para vos? —dijo Clavo mostrando su imperfecta dentadura por la que no parecía haber pasado un cepillo de dientes en muchísimo tiempo.

Kisaura plantó sus pies en la piedrecilla y tratando de no mostrar fastidio alguno por el mal aliento del jefe le devolvió una sonrisa de princesita ingenua, que no era.

—Mirá cómo son —volteó Clavo hacia Puente buscando su apoyo—. No les basta que les hagamos todo de gratis, ahora quieren propina…

—Las promesas se cumplen —insistió Kisaura colocando ambas manos en la cintura en actitud de enojo.

—¿Y también quiere que le saquemos lustre a los zapatos? —trató de burlarse Clavo pero la niña no dio su brazo a torcer. Ni un centímetro se movió.

Al escuchar las palabras de Kisaura, los otros muchachos se acordaron del premio pactado y de pronto una multitud de *swishes* y *swashes swish swash swash* avanzaron hacia donde la chica y el jefe discutían, extendiendo a su vez las manos para recibir el dinero que les debían.

—Vamos, muchá, tendrán que esperar un cachito, que aquí el pisto está justo para lo que necesitamos —dijo el Clavo al verse rodeado—. Para que no lo pierdan en el camino, se los doy allá. Junto con su libertad.

—Ni modo —dijo Reymon, el chiquillo más pequeño del grupo, que se había colocado detrás del Clavo—. Aquí noayna pues —expresó mientras mostraba la cartera con poco billete que le sacó al jefe sin que se diera cuenta.

—Nos debes —dijo Kisaura como para cerrar la discusión disparando las últimas palabras. Y dándole la espalda a Clavo hizo un gesto de retirada a los chicos, quienes se marcharon a su lado de la ribera con sus zapatos enlodados, su ropa mojada y sus *swishes* y *swashes swish swish swashes.*

Puente trató de mantenerse tan serio como ceñudo, pero al poco tiempo la risa le venció. Un ataque de carcajadas lo dominó. Eran seguramente los nervios de lo vivido, aunque Clavo se lo tomó como una afrenta personal y recogiendo de su mochila una botella de agua más caliente que fría se fue a sentar en un tronco caído lejos de los demás. La protesta la tuvo que llevar a cabo solito su alma ya que nadie, ni siquiera Puente o la misma Kisaura, se acercó a tratar de disculparse o persuadirlo de regresar o, aunque sea, llevarle una botella con agua heladita del río. Y es que la pataleta de Clavo sobrevoló encima de ellos y se fue arrastrando la cola junto con su dueño. Nadie estaba haciéndole caso. Después de la experiencia que acababan de sobrevivir lo que todos tenían era hambre; pero en lugar de tragar o beber, el cansancio los dominó y al poco rato dormían a pierna suelta sobre las piedras sobre las que quedaron luego de la pelea.

Mángel y Puente fueron los primeros en abrir el ojo. Sin decirse nada, empezaron a armar el campamento en un claro del bosque que se abría detrás de ellos. Cuando Jonash y Vivíca se incorporaron atardecía y el olor de la comida preparándose en la fogata puso una sonrisa en sus labios.

De uno en uno fueron pasándole la voz a todos en el grupo y pronto se vieron alrededor del fuego, disfrutando de la humilde cena consistente en tortillas, plátanos y fríjoles aguados. Igual les daba el menú en ese momento; cuando las tripas piden, todo parece sibarita.

Sintiéndose seguros en ese lugar tan aislado de toda maldad, bajaron la guardia un poco y se quedaron conversando un buen rato. Clavo no se había manifestado a la hora de la comida, así que Puente partió para buscarlo y dejó el grupo encargado a

Mángel, Vivíca, Kisaura y Jonash. Sin compartir sus sentimientos en voz alta, ellos agradecieron en sus corazones el respeto ganado. Se sentían grandes.

Impresionado con el comportamiento atrevido de Kisaura esa tarde, Mángel se sentó al lado de ella, quería conocerla mejor. La luna llena empezaba a reflejar su luz etérea por entre los árboles. Sobre ellos, Las Tres Marías se distinguían con claridad.

—Chanchullero el Clavo… y vos, que parecía que lo agarrabas a trancazos—empezó Miguel Ángel compartiendo con la chica la mitad de su banano.

—Simón —contestó Kisaura sonriendo mientras miraba a Mángel a los ojos. Luego partió la fruta en pedacitos y se llevó un pedazo a la boca.

—Mirá: Las Tres Marías —contestó el joven apuntando a los luceros en el cielo. La manera en que la patoja lo miró le hizo sentir cosas que nunca antes había sentido—. También les dicen Los Tres Reyes Magos o El Cinturón de Orión… —continuó regurgitando lo que sabía acerca de la constelación para acallar lo que su cuerpo le gritaba—. Pero sus verdaderos nombres son Mintaka, Alnitak y Anilam…

—¡Sabés tanto! ¿Cómo así? —preguntó Kisaura. Mángel no podía con lo que sentía al mirarla hablar moviendo sus labios jugosos de adolescente oscilando entre la frontera de los años ingenuos y el placer que las nuevas pasiones les traerían.

Quería besarla, probar el carmín de sus labios, rozar su cuerpo contra el de ella, tocar su sensibilidad completa. Quería ser su primero. Quería que ella fuese su primera. Balanceándose en un subibaja de emociones en el borde del fin del mundo, en lo único en que Mángel podía pensar no era en su seguridad, las maras, su familia o si llegarían enteros al otro lado… No, su pensamiento estaba en el brillo de los ojos danzarines de Kisaura, en lo bonito que movía los labios, en la sincronización del baile de sus manos cuando hablaba, en lo maravilloso del aroma del banano sobre la cálida piel de "su niña".

—¡Tierra a Mángel! ¿*Hello?* —dijo Kisaura remeciéndolo como jugando con él.

—¿Qué? ¿Qué pasó? —contestó el chico un poco fastidiado por tener que colocar su fantasía en un archivo etiquetado "para más tarde".

—Te pregunté… ¿que cómo sabés tanto acerca de las estrellas?

El muchacho la miró confundido y, tratando de regresar a la conversación, le contó una pequeña historia.

—Mi tata a veces me llevaba con él al campo. Íbanos de noche, tarde, para empezar la faena cuando saliera el sol. Cuando llegábanos a los campos de cultivo, mi papá sacaba un petate y lo ponía sobre la tierra. Allí nos echábanos y entonces él me contaba del cazador.

—¿Qué cazador?

—Mirá, echáte y tratá de dibujar con el dedo uniendo las estrellas… al rato mirás al cazador —dijo y tomó el dedo de Kisaura entre los suyos para ayudarle a conectar los puntos en el infinito—. Primero, Las Tres Marías son su cinturón, justo en el medio, luego ya vas viendo las piernas, los brazos, el cuerpo… hasta que al final encontrás el escudo y la espada… ¿Lo ves?

—¡Precioso! —exclamó Kisaura al darse cuenta de que había completado el dibujo.

Pryce Collins abordó el tren a último momento. Llevaba años haciendo lo mismo. Buscaba excusas para atrasarse y aparecer en la estación a pocos instantes de que el expreso a la capital se detuviera a recoger a los pasajeros procedentes de los suburbios. Pero, de alguna manera, y casi siempre en carrera contra el tiempo, encontraba el modo de recobrarse y llegar a su vagón antes de que partan. El juego del *bouncy ball* lo llamaba, porque él se veía como una bolita de hule que a veces rebotaba rápido y otras tantas iba despacio, pero siempre llegaba a su objetivo.

Al llegar a la intersección más cercana a su trabajo, Pryce esperó a que todos bajasen y luego caminó hasta la puerta y se apeó. Le gustaba joder al conductor con su lentitud. Cuando por fin terminó de salir del tren, volteó y se despidió con la mano y una gran sonrisa de los pasajeros que esperaban desesperados a que el metro reiniciase el viaje. La mayoría le regaló un gesto obsceno y él se carcajeó porque acababa de ganar la apuesta consigo mismo acerca de la reacción furiosa en contra de su "micro-agresión". *¡Dios Santo, el mundo se está llenando de personas que se ofenden por nada!*, pensó. *Y luego ya no saben distinguir cuando algo en verdad es ofensivo.*

Le encantaba la caminata desde la estación hasta el edificio del Congreso. El aire de la mañana, el quiosco con periódicos del mundo entero, el café al paso, el apuro de los transeúntes embarcados en rutinas circulares inacabables. Fascinado, iba estudiando a cada persona con quien se cruzaba. Lo que él hacía cada día requería un talento para la psicología. Sus dotes para "leer" a las personas a su alrededor le permitían avanzar sus planes sin siquiera tener que subir la voz, tirar pataletas o verse en medio de escándalos. Eso les sucedía a los otros colegas, pero no a él. A él lo conocían por su capacidad de análisis, su aptitud para las negociaciones y su carácter tranquilo, incluso en momentos de alta tensión.

Enfiló hacia la majestuosa edificación renovada recientemente a gusto del presidente de la nación. El pan de oro de su cúpula brilló con brutal nitidez cegándolo hasta que se colocó los anteojos oscuros. Le gustaba sentir esa pegada. Se imaginaba dueño del oro, de la ciudad, de las mentes de sus colegas y hasta de la presidencia misma. El titiritero también tiene sus sueños y sus anhelos. Sacó el móvil personal y aprovechó el trecho que le faltaba para hacer algunas llamadas. En su lista figuraba el señor B con prominencia. Su conversación lo había dejado intrigado, aunque bastante optimista. Si todo salía como tenía planeado, pronto podrían cerrar un acuerdo. Lo que todavía no definía era el tamaño de la compra. Tendría que reunirse otra vez para poder estudiar mejor a su posible cliente (o tal vez socio).

Marcó el teléfono del señor B, pero no lo encontró disponible. Quiso dejarle un mensaje, pero al final no lo hizo ya que era mejor hablar en persona. Los textos y los mensajes se podían convertir en "pruebas" en cualquier posible futuro y él no dejaba huellas nunca. Sobrevivir en la era digital significaba ser el más paciente de todos los personajes.

Pensó que sería mucho mejor entrar al Capitolio mientras conversaba amorosamente con su mujer. Nada menos sospechoso que un hombre enamorado susurrándole piropos al "amor de su vida". Al llegar a la rotonda se despidió de Hanna, miró hacia arriba para disfrutar de *La apoteosis de Washington*, un fresco pintado en la parte interior de la cúpula. Luego prestó atención a los cuadros a su alrededor, a los colegas que pasaban sin siquiera levantar la mirada y a los turistas tomándose fotografías sin reparar en lo sagrado de la historia ahí vivida. *Bien que se ofenden de todo, pero esto no les ofende,* se dijo; y tratando de enterrar el disgusto hizo un recuento mental de la importancia de ese día y lo mucho que podía avanzar su causa. Así que se dirigió hacia su oficina.

No tenía mucho de haberse acomodado en su mullido sillón cuando desde la puerta se asomó el senador Mark Blondin.

—Hoy es el día, *my friend* —exclamó y, sin pedir permiso, se sentó en el sillón frente a Pryce y colocó sus pies sobre el antiguo escritorio.

—¡Qué gastadas están tus suelas! —se burló Pryce—. Creo que veo un hueco formándose… —dijo apuntando con el dedo.

Mark bajó los pies y acomodó su grandioso cuerpo como pudo en el asiento.

—Bueno. Ya. El ataque a las antiguallas de este lugar cancelado. Ahora hablemos del tema de inmigración. Todos se están poniendo nerviosos…

—Por falta de organización y anticipación pasan estas cosas y ahora quieren terminar una obra de arte en un mes.

—Ya. Las cosas buenas llevan tiempo. Ya sabemos. Aquí no estamos para sermones sino para tomar al toro por las astas antes de que se nos salga de las manos.

—Hace rato que se nos salió de las manos. Y, con toda sinceridad, estamos bastante atrasados, ya los medios de comunicación empiezan a reportar lo poco que se sabe a través de los filtrados de noticias de aquí y lo que se reporta en el extranjero, que es muchísimo más detallado y pone la culpa directo sobre nosotros. Ahora hay que arreglarlo.

—¿Cómo propones desaparecer lo que hemos hecho?

—Desapareciendo a los testigos. ¿Cómo va a ser?

—¿Exterminio?

—¡¿Cómo se te ocurre?! No estoy hablando de eso ni de casualidad… Me refiero a darle a todos lo que realmente quieren…

—¿Es posible?

—Todo es posible cuando usas tu imaginación, mi querido Blondin.

Miguel Ángel se durmió mirando a Kisaura, preguntándose si aquello que sentía era el famoso "amor". Quería conocerla mejor, pasear por los recovecos de su alma, protegerla. Sabía que no todos llegaban con vida o libertad al otro lado. Entendía que era bastante posible perderla durante el trayecto. Y aquello, en lugar de hundirlo, de apenarlo, de retraerlo, más bien lo llenaba de valor, de energía, y sobre todo de ganas de estar lo más posible junto a ella. Adoraba todo acerca de la joven. Cada vez que la miraba, su corazón se le salía y sus ojos no podían despegarse de ella. Aquel era su momento, los días que les quedaban juntos tendrían que bastarles en ese presente incierto. Él se aseguraría de llenarlos de recuerdos bonitos para toda una vida.

Cuando despertó todavía no amanecía, pero ya iniciaba la actividad en el campamento. Puente había avistado una patrulla del Ejército a pocos kilómetros de distancia y quería asegurarse de movilizar a su gente mucho antes de que dieran con ellos.

—Muchá… vamos patojos… vamos… —susurró mientras agitaba los cuerpos dormidos cerca del fuego—. Tenemos que largarnos, pero ya mismo —dijo haciéndole un gesto a Mángel para que despertase a sus tres compañeros y empezara a disponer al grupo en columnas listas para la marcha.

Kisaura le sonrió mientras se arreglaba el cabello ensortijado en un moño tieso y él se sintió culpable porque al prestarle tanta atención podría estar distrayéndose de algo importante.

Clavo se acercó corriendo al grupo. Ninguno de los chicos se lo cruzó luego del incidente del día anterior, pero no se preocuparon porque confiaban en que Puente lo encontró más tarde y se quedaron conversando o tomando.

—Ahí viene mi cholero —bromeó Puente con los chicos. Bastante probable que no se hubiera atrevido a decírselo a su compañero a la cara—. ¿Qué? ¿Ya fuimos?

—Estamos de chiripa, nos dan refugio en un lugar cerca de aquí. ¿Están listos? —dijo Clavo con una gran sonrisa mientras apuraba al grupo y trataba de recuperar el aliento por la caminata de ida y vuelta. A pesar de que hubiese sido mucho más sencillo hacerles una llamada desde el lugar que encontró, no le pareció que valía la pena arriesgar las vidas de todos mostrando su localización. Puente y Clavo sabían que cuando has hecho este viaje muchas veces, tienes que diversificar, variar tu camino y tus movimientos; y que si se dormían en sus laureles, todo se podía ir a la mierda en un toque.

El destacamento militar estaba ya casi encima de ellos para ese entonces, así que, en lugar de tomar el camino directo, se dispersaron para esconderse en unos matorrales cercanos y esperaron hasta que los soldados estuvieran bastante lejos para enrumbarse hasta el refugio del que Clavo les habló.

A pesar de haber tomado la ruta menos directa, por entre los matorrales, no demoraron en descubrir aquel lugar escondido en donde recibirían ayuda. Se trataba de un lugar pequeño visto desde afuera, una casita que pasaba desapercibida por su exterior pobretón y deteriorado. Pero al ingresar el grupo se sintió extremadamente feliz al ver que una vez adentro la edificación crecía notablemente hacia las cavernas de una montaña y el subsuelo.

Fueron recibidos por un grupo de unos treinta, un poco más chico que el suyo, que ya partía luego de haber reposado. Al parecer el refugio, sentado en la frontera entre dos países, estaba completamente dotado con largas habitaciones que permitían pernoctar a grupos de hasta diez, baños con varios retretes, duchas y todas las vituallas necesarias, y hasta una amplia cocina con una variedad de alimentos disponibles. Solamente dos viejitos fungían de administradores y esta era su caridad secreta.

Se trataba de dos hombres mayores que se presentaron como hermanos. No dieron nombres, apellidos o cualquier otra seña ya que aquello los podría poner en peligro y ese refugio era demasiado importante para los caminantes de las caravanas. Aunque el lugar servía en exclusiva a los grupos que viajaban con menores de edad, de vez en cuando llegaban otros que de alguna manera habían obtenido la información. Cuando algo es bueno, es difícil mantenerlo en secreto; eso es bien sabido.

Recién entonces se dieron cuenta de que algunos se habían raspado piernas y brazos con las ramas espinosas de los matorrales en la espesura que atravesaron para llegar hasta el refugio sin ser detectados. Mángel y Jonash fueron los que se llevaron la peor parte por ir adelante abriendo el camino para los demás. Kisaura se asustó al voltear a ofrecerle a Miguel Ángel algo de tomar y lo vio ensangrentado.

—Pero ¿qué es esto? ¿Qué te ha pasado? —gritó llevándose las manos a la boca.

Mángel la miró sorprendido, pero al ver las gotas caer al suelo se dio cuenta de que estaba herido.

—No debe ser nada… —respondió. Y aunque no sentía dolor, la cantidad de sangre que brotaba de su brazo derecho lo estremeció.

Puente buscó en su mochila el alcohol y Clavo corrió a traer unos trapos limpios para curar las heridas.

Una vez que terminaron de parchar a todos los que se habían lesionado, que eran varios, procedieron a preparar el desayuno y luego todos se acomodaron para dormir unas horas antes de reanudar la caminata.

Mientras Rob y Lucas desayunaban chilaquiles verdes con arrachera, acompañados de su licuado de frutas y verduras, para empezar el día con toda la energía necesaria para enfrentar el creciente caos en que su trabajo se había convertido, una mujer los miraba con intensidad desde una mesa a pocos metros. Los hombres podían sentir la indignación pegándoles en la espalda, algunos compañeros habían dejado de vestir el uniforme de la patrulla fronteriza en público por temor a las reacciones de quienes los veían como monstruos que ponían a los niños inmigrantes en jaulas. La verdad, la mayoría no entendía que su trabajo, hasta pocos años atrás consistente en patrullar la frontera y atrapar criminales violentos, narcotraficantes y traficantes de personas, de pronto fue encauzado a supervisar criaturas, separar familias y aparecer en los noticieros como villanos sin almas.

—Vergüenza les debería dar… —dijo la mujer por fin levantándose de su asiento en la mesa de pícnic para acercarse a los agentes.

Lucas dejó el licuado y bajó su mano para buscar su arma. Podía ver que la mujer venía con los puños cerrados, como alistándose para una pelea, y que su pareja caminaba unos metros atrás de ella. Rob puso su mano sobre la de él, indicándole con un gesto que no sacara la pistola de la cartuchera; y poniéndose de pie se dispuso a recibir con paciencia los insultos del día.

—Esos niños son seres humanos… —dijo la mujer—. Son como cualquiera de nuestros hijos… ¿Y así es como los tratan? ¡Los criminales son ustedes! —gritó señalándolos acusadora con la mano. Su pareja, que ya estaba de pie a su lado, le murmuraba palabras tratando de calmarla.

Pronto el pequeño comedor al aire libre frente al tráiler de comida se convirtió en la escena de una protesta espontánea en contra de las nuevas políticas instauradas por un Gobierno cada vez más inflexible acerca de los inmigrantes recién llegados a la frontera. Parados como estatuas, Rob y Lucas combatían la natural urgencia de defenderse.

Después de un buen rato de recibir agravios y permitir que los pobladores descargasen sobre ellos la frustración de ser testigos del inicio de un potencial genocidio, los que ahí estaban se vieron sobre la hora para llegar a sus respectivos trabajos y los agentes pudieron por fin partir hacia el suyo.

Era verdad que la crisis estaba convirtiendo a su mundo en una distopia inimaginable en donde de pronto tenían el papel de carceleros en centros de detención que más parecían campos de concentración diseñados por el mismísimo diablo, en donde niños y niñas separados de sus padres y hacinados en corrales enrejados eran prácticamente dejados a su suerte. De sólo pensar en el eco del llanto de esos pequeños que ni siquiera entendían lo que les estaba pasando se les revolcaba el estómago a los dos. Y el olor en esas condiciones era algo que ningún detergente podía lavar porque la verdad ese hedor ahora vivía en sus mentes.

Llegando al centro de detención, Rob y Lucas bajaron las compras de la semana: pañales, productos femeninos, pañitos de limpieza, talco y galletas. Por lo menos sus supervisores les permitían calmar sus conciencias ingresando algunas cosas básicas que el Gobierno se negaba a proporcionarles.

—Nosotros aquí de *babysitters* mientras se cuelan drogas y criminales de verdad por todos lados… —murmuró irritado Lucas—. No sé cuánto más voy a poder aguantar…

—Tiene que acabar pronto —contestó Rob—. Apenas empiecen a aparecer los medios por aquí y la noticia vuele más allá de la frontera… Ya verás. Ese día se acaba todo.

—¡No puedo creer que hayan logrado tapar todo por tanto tiempo! Ya esto se debería haber destapado hace rato.

—No creo que le gente de por aquí se quede callada por mucho tiempo. Ya viste lo que pasó en la mañana. Estamos llegando al punto en donde todo se desbarata…

—Dios te oiga, güey… Que en verdad uno se siente como el malo de la película. Y nosotros nomás que estamos siguiendo las putas órdenes…

—Pues parece que ya se está desbordando… Lo que acaba de sucedernos me confirma que esto ya llegó a su límite. Y yo que antes me sentía tan orgulloso cuando me ponía este uniforme… ahora hasta siento vergüenza… —dijo Rob bajando la cabeza mientras caminaban al interior del centro.

Un alboroto los esperaba adentro. Vieron a varios agentes corriendo hacia una de las celdas. Uno de ellos gritaba órdenes. Dejaron lo que traían y los siguieron. Se encontraron con una sangrienta escena para la que no estaban preparados. A pesar de haber estado en la guerra, ver a un adolescente apuñalado tirado en el suelo de cemento desangrándose era una visión infernal para esos hombres acostumbrados a la violencia. Uno de los pocos doctores disponibles para atender a los miles que en ese lugar miserable convivían se acercó al joven y poniéndose de rodillas junto a él comprobó que no podía hacer nada. El chico estaba muerto. Se hizo un silencio de culpabilidad. Nadie preguntaba qué había sucedido, nadie daba explicaciones. Era como si nadie quisiera saber o como si supieran que de alguna manera todos contribuyeron a extinguir esa vida inocente.

Pasaron los camilleros, recogieron el cadáver y se fueron con el doctor a levantar el acta de defunción y llevar el cuerpo al crematorio. Asumían que era un nombre más de los tantos que pasaban por allí. Su vida valía muy poco. Nadie investigaría lo ocurrido. Nadie lo lloraría.

Pronto se enteraron de que aquel refugio tenía además una sorpresa para ellos. Se trataba de un túnel que los llevaría de un país al siguiente, ahorrándoles así tener que agenciárselas para burlar a las patrullas fronterizas. El problema que enfrentaban era la peligrosidad de cruzar por debajo de la montaña. El trayecto suponía un riesgo bastante grande pues de vez en cuando las cavernosidades se anegaban con las aguas del cercano riachuelo que atravesaba el valle al otro lado.

Por tratarse de la primera vez que atravesarían por las cavernas, Puente y Clavo se reunieron para conversar acerca de todas sus posibilidades, tomar decisiones y trazar planes definitivos. Al parecer, el crecimiento acelerado de grupos de migrantes huyendo hacia el norte había creado un potencial de riesgo cada vez más intenso, tanto con bandas de criminales como con destacamentos de resguardo limítrofe. Cazadores todos. Para la presa no existe una verdadera distinción entre unos y otros. Únicamente se les puede identificar como el final del camino a la libertad y el inicio de una pesadilla de mil puntas.

Decidieron que, a pesar de las dificultades geográficas que presentaban los túneles, en esa versión de la historia se trataría de ellos contra la naturaleza y tal vez tendrían mejores posibilidades durante ese tipo de enfrentamiento que durante uno con personas armadas. Sus cuatro asistentes fueron de gran ayuda para procesar al detalle cada uno de los escenarios y resolver cuál era el más favorable para su grupo.

Una vez que se pusieron de acuerdo, despertaron a los otros para prepararse. Les dijeron que a pesar de que el cruce del río fue bastante peligroso, los túneles presentaban dificultades desconocidas que podrían ser mortales para ellos; y que, debido a que ninguno había enfrentado antes a esas cavernas, la incertidumbre era alta. Igual las cuadrillas se adhirieron con gusto al plan; después de todo, tenían que seguir a alguien. Y esos seis eran su alguien.

Apenas todos recogieron sus mochilas, los hermanos dueños del refugio los llevaron por unas escaleras que descendían varios pisos por debajo de la montaña, angostándose a medida que bajaban, hasta llegar a lo que vendría a ser la entrada a las cavernas mismas. Recién en ese lugar el hermano que parecía ser el mayor se detuvo y sacando un papel de su bolsillo lo abrió para mostrarle a Puente el mapa que debían seguir. Una vez que le explicó los detalles, así como la importancia de seguir sus instrucciones sin desviarse, los hermanos se despidieron con una breve oración a San Cristóbal, patrono de los viajeros. Luego la luz de su linterna fue desapareciendo hasta que no fue más que un punto pequeño subiendo las escaleras.

Puente les pidió a los muchachos que se pusieran en una hilera y luego fue colocando a Vivíca, Mángel, Kisaura y Jonash cada cierta cantidad de jóvenes; él se puso adelante y Clavo cerrando la fila en la retaguardia. De inmediato empezaron a pasar las sogas de modo que cada uno se amarrase alrededor de la cintura al de adelante y luego al de atrás. Clavo pegó un silbido cuando terminó de atar el último nudo de aquella ínfima medida de seguridad. Sacaron tres linternas: Puente, Clavo y Mángel las llevaban; de esa manera tenían otras a la mano en caso alguna les fallara.

El sonido en la cueva era muy diferente del del río, una especie de murmullo constante y gélido reverberando en las paredes infinitas de lo desconocido, calando sus imaginaciones agitadas con espejismos salidos de películas de ultratumba, iconografías culturales del mal, espectros de la lucha contra los demonios de nuestros días. Teniendo que observar absoluto silencio durante el camino, no les quedaba de otra que avanzar castañeteando las muelas mientras se decían a sí mismos que mientras todos estuviesen juntos nada malo podría sucederles.

Al inicio se tropezaban contra piedras, paredes y raíces, pues de alguna manera algunos árboles pequeñísimos crecían en esa latitud. Les costaba mucho avanzar y tenían que detenerse de tanto en tanto ya que de pronto alguien caía o se golpeaba contra los filos sobresalientes de las rocas. Pero poco a poco fueron encontrando la manera de progresar en el camino señalado por el mapa.

Emergían de un túnel estrechísimo, incluso para los jóvenes pequeños y desnutridos, cuando se encontraron con una creciente del riachuelo. El agua indicaba que estaban cerca de la salida. Pero antes tendrían que salvar ese obstáculo. Puente fue el primero en vadear la corriente. Le siguieron los que venían amarrados detrás de él. Uno a uno la columna entera tuvo que ingresar.

A los pocos pasos Puente perdió el piso y se hundió repentinamente, llevándose consigo a los chicos que tenía más cerca. Se hizo una oscuridad violenta. Lo único que podían escuchar era el pataleo de los que estaban tratando de salir a flote, los sollozos de angustia. Desde atrás Clavo trataba de ofrecer un poco de luz, pero igual su linterna empezó a fallar. Entonces Mángel gritó:

—¡Halen! ¡Fuerte! ¡Halen todos!

No podían moverse de donde estaban y era difícil tirar de la soga sin perder el piso o de alguna manera enredar las cuerdas. Era cuestión de hacerlo con fuerza, con precisión, y, sobre todo, con eficiencia de máquina. Enfocados en rescatar a sus amigos, y todavía trabajando a ciegas, la cuadrilla se mantuvo firme en su propósito.

Muchos segundos pasaron y se convirtieron en minutos. El corazón les pesaba más que mantenerse halando de las sogas. No querían darse por vencidos pero el tiempo les ganaba, ya era un buen rato que estaban bajo el agua. Vivíca, que era la que estaba más cerca de donde los otros habían caído, resolvió soltarse y zambullirse en el agua. No pidió permiso, simplemente lo hizo. Todos se quedaron escuchando hacia donde parecía que la chica nadaba. Uno, dos, tres, cuatro segundos... Infinito cuando esperas noticias. Por fin el chapuceo de varios. ¿Logró salvarlos a todos?

D'Andre Brown decidió que era un buen momento para cerrar el contrato con Pryce Collins. El congresista no lo sabía, pero el hombre de negocios lo había investigado por completo y desde antes de su primer encuentro lo tenía vigilado. No podía jugarse todo con un completo desconocido en quien todavía no tenía plena confianza. El negocio en el que quería participar era uno de aquellos que siempre existen en las sociedades, pero nadie quiere darse por enterado. Tal vez eso lo hacía incluso más atractivo. El saber que cualquier paso en falso y todo sería descubierto, que su fachada de "buena persona" caería haciéndose trizas sobre la acera sobre la que por años había cimentado vidas paralelas en edificios vecinos.

En circunstancias normales el señor B se hubiese tomado el tiempo necesario para decidir, pero lo que quería darle a Shelley pesaba en su mente demasiado cuando lo comparaba contra los riesgos que se tomaría. Su hermana quería alguien a quien llamar suyo y él estaba listo para empezar a coleccionar nuevos juguetes importados. Aparte que sus distribuidores ya lo tenían loco con la impaciencia, el mercado se encontraba totalmente abierto para la venta de jóvenes inmigrantes. ¿A quién no le gustaría ser el primero en vagabundear por la piel indómita de aquella mocedad con aroma a piel canela? ¿Quién no daría buen billete por el placer de domar la inexperiencia, de amansar a esos salvajes, de llevarlos con puño firme al remanso de saberse protegidos por su patronaje? El que perjudica siempre encontrará increíble justificación. La moralidad de la inmoralidad puede ser de alguna manera extrapolada cuando las variables son manipuladas de tal manera que se logre conjurar el zumo del bien del árbol del mal.

D'Andre sonrió sabiéndose por encima de las reglas. Ya bastante había tributado de niño a esa rancia sociedad blanca como para deberles nada. Del abuso de ellos aprendió quién era en verdad. Lecciones que nunca olvidaría. En el fuego de la miseria se forjan las espadas. Si no fuera por todas las cosas que tuvo que sobrevivir, nunca hubiese sido quien era ahora. La persona que te hunde es la que te enseña a nadar.

Hizo una llamada desde su teléfono privado para pedirle a su asistente que pasase a recoger a Collins de la estación de tren y lo llevase esa misma noche a la mansión. Tocaba la escena en donde se revelaría frente al senador. Nunca existe la seguridad completa cuando se muestra la mano en una partida de póker, pero el juego no puede terminar a no ser que tu intuición te permita tomar esa determinación.

⌗⌗⌗

Unas horas después, los dos hombres se encontraban en un salón de la mansión de Brown, una casona antiquísima que, a pesar de todas sus renovaciones, mantenía el carácter de clásica elegancia de cien años atrás. El lugar, escondido dentro de un bosque apartado por completo de la ciudad, era una especie de club para hombres cuyos apetitos sexuales tendían hacia los menores de edad y que D'Andre mantenía como la sede principal de su secreta perversión. Para el diario él vivía en un palacete frente a un campo de golf cerca de la capital.

—Me alegró mucho que me pidiera venir. Tenemos mucho de que hablar, señor B —dijo Pryce a manera de saludo mientras caminaba por el largo pasadizo desde la entrada hasta el umbral del salón donde lo esperaba D'Andre. Además del mayordomo que le hizo pasar no veía ninguna otra persona de servicio. Intuyó que estarían solos y mentalmente agradeció la privacidad, aunque sabía que no faltarían cámaras, micrófonos y otros equipos de espionaje para grabar la reunión. Todos usaban este tipo de "pólizas de seguros". Ya él tendría la ocasión de conseguir elementos incriminatorios en contra de su nuevo socio. Por ahora lo que le quedaba era utilizar un lenguaje vago, susurrar, tratar de bloquear la cámara. Cualquier cosa que hiciera de esas "pruebas" algo inservible.

—Creo que nos podemos tutear, Pryce. Mi nombre es D'Andre Brown. Apenas me ofrezcas detalles acerca de la mercancía podremos empezar a hacer negocio.

—Está bien, D'Andre Brown —contestó Pryce saboreando el triunfo en esas palabras—. Desde la primera vez que hablamos sentí que estaríamos a gusto y creo que no me equivoqué.

Los hombres se sentaron. Por un momento quedaron en silencio, midiéndose como machos alfa que ambos eran, clavándose las miradas para escudriñarse mutuamente, escrutando cada pico y cada hondonada con científica precisión. De pronto Pryce le pidió a Brown que salieran al jardín, en donde estaba seguro no se encontrarían con tantos mecanismos de grabación. Una vez que se sintió en un lugar adecuado, por fin pasó al titular de ese día:

—Pronto tendremos abundancia de mercancía. Miles de inmigrantes están llegando a la frontera sin papeles, buscando asilo. Un porcentaje altísimo son niños y jóvenes que viajan solos; es decir, que sus familias les han dicho que mejor probar hacer este viaje peligroso y ver si los acogen aquí, en lugar de que se queden en sus países y estén expuestos a violencia de todos modos.

—Entiendo, pero no entiendo —dijo D'Andre.

—He hablado con un grupo de senadores en el Congreso y me apoyarán para colocar a los niños inmigrantes con familias que los adoptarán —explicó Pryce.

—¿Adopción? ¿No es demasiado documento? ¿Demasiada pregunta? —contestó fastidiado.

—Es una manera de hacerlos pasar a nuestras manos. Una vez que los dispersemos por todo el país, nadie los va a poder encontrar de nuevo. Aparte que el Gobierno no tendría por qué hacerlo. La pérdida de sus hijos es el escarmiento perfecto para los padres que los envían sin pensarlo dos veces. No podrán reclamar.

—Eso sí que me gusta... —confirmó sonriente—. ¿Y cómo cuántos serían?

—Esto es entre nosotros: ya casi llegamos a los cien mil. El Gobierno los está poniendo en ciudades carpa a lo largo del desierto de la frontera. Pero en realidad ya no se dan abasto para acoger a más y se corre el peligro de que los medios empiecen a indagar y difundir la noticia. Tenemos que sacarlos de ahí pronto. Les estaríamos haciendo un favor si los apoyamos con adopciones masivas.

—¿Y el costo?

—Necesitamos capital para sufragar la cuota inicial, pero una vez que realicemos las ventas, recuperaremos con creces. Eso es un hecho.

—¿Cuánto?

—Treinta mil cada uno, pero los podemos vender por el triple o más. No sabes la demanda que existe allá afuera y estos ilegales son perfectos para lo que queremos.

—Yo puedo hacer la inversión, pero seríamos socios igualitarios.

—¡Por supuesto! El dinero no puede venir de mí. Tiene que ser alguien fuera del Gobierno. Esto sería perfecto. Y es posible que después de la primera tanda continuemos teniendo derechos únicos de explotación. ¡Es una mina de oro!

—Me preocupa un poco que tantos estén enterados...

—No tienen por qué saber detalles. Es más: dentro de poco iré a la frontera con mi esposa, nuestro pastor y un grupo de feligreses de nuestra iglesia. Estando ahí puedo examinar lo que está disponible y hacer los arreglos para el traslado inmediato. Si las iglesias piensan que estamos haciendo algo maravilloso de manera legal, no tendremos obstáculos. Incluso me puedes acompañar para acelerar el proceso.

—¿Documentos?

—¿Qué es eso? —dijo Pryce lanzando una carcajada.

Empapados, asustados, con dos pérdidas a la espalda, salieron finalmente de las cuevas con una visión diferente de la vida, tan finita, tan aleatoria, tan castigadora. Un momento Vivíca estaba y al siguiente se ahogaba tratando de rescatar a un niño que se había quedado atascado entre dos rocas al fondo del agua. El sacrificio por el prójimo desconocido. Aprendieron mucho ese día.

Puente, que había logrado salvar a los otros cortando con su cuchilla las sogas que los hundían en la desesperación por salir del pozo en el que perdían la vida, estaba demacrado. Era la primera vez que le sucedía algo así. Era inexplicable lo de Vivíca, la chica era bastante avispada y estaba en forma. Tal vez no supo medirse, pensó que el aire le alcanzaría para seguir tratando de rescatar al chiquillo, pero no fue así. Sólo podían imaginar lo sucedido en esa negrura insondable, a tan pocos metros de la salvación.

Avanzaron por un camino que llevaba a la costa escondidos a la sombra de árboles y matorrales. Pálidos del susto nadie decía nada. El sonido de las ramas al quebrarse a su paso era lo único que les recordaba lo que hacían ahí. Las piedrecillas se les metían a los zapatos llenos de huecos, pero no sentían el dolor, los raspones en las plantas del pie, la sangre corriendo libre por los tobillos, el suero borboteando pegajoso de las ampollas pinchadas. El arenal es siempre el mismo cuando eres pobre.

Algunos lloraban mientras caminaban, no escondían sus lágrimas; otros pretendían no sentir las emociones que quemaban sus gargantas. Jonash era el más adolorido por el quebranto. Vivíca fue su primera compañera desde que dejó a su familia, la que le enseñó a pelear, a defenderse con valentía, la que con su boca suelta le hacía reír mientras lo invitaba a entender las cosas más allá de lo que mostraban a primera vista. No tenía idea de cómo seguiría sin ella. El golpe lo sentiría el resto del camino, quién sabe si toda su vida.

Al llegar al final del bosquecillo se detuvieron. Al no tener cubierta desde ahí hasta el puerto donde los esperaban prefirieron esperar a la noche. Así lo hicieron en mutismo absoluto. Cada uno con sus pensamientos permanecieron en un estado que lindaba con lo catatónico hasta que llegó el momento de partir.

Decidieron que sería mejor avanzar en grupúsculos de manera que no llamaran la atención en su recorrido. De tres en tres se dirigieron al punto de encuentro. Contaban hasta cien antes de salir, de modo que dejaban una buena cantidad de metros de distancia entre ellos.

Los sonidos de la noche los acompañaban, asustándolos de tanto en tanto. Como fantasmales alegorías del pavor que sentían por dentro se hacían presentes de rato en rato los invisibles miembros de la banda sonora nocturna, dándose a conocer para estremecer los huesos de los que por ahí discurrían.

Así llegaron todos, traumados pero completos, hasta el muelle. Puente les pidió que se quedaran a la sombra de una embarcación, con Clavo en el liderazgo, mientras él buscaba al capitán que le prometieron los llevaría al otro lado del golfo, en una parte de la frontera muy poco transitada. Era la primera vez que tomaba esa ruta, pero debido a las nuevas políticas del Gobierno del norte y la mayor cantidad de criminales cerca de los puntos fronterizos que siempre utilizaban, decidió que sería mejor ir por lugares poco frecuentados. Y cuando le ofrecieron llevarlos por mar, le pareció una excelente idea.

No tardó mucho en encontrar a Pineda. Le habían dicho que buscase a alguien que sobresaliese y al encontrarse con la mujer capitán no tuvo que pensárselo dos veces ya que su tamaño la diferenciaba en demasía. Igual no quiso asumir, así que se acercó hasta encontrarse a unas mesas de ella. Se sentó para escuchar la conversación y tratar de decidir si se trataba del navegante que buscaba.

Fue Pineda más bien quien lo ubicó al poco rato. Era difícil para Puente hacerse pasar por alguien de una localidad donde todos se conocen.

—Si yo tuviera un puente no necesitaría un barco —le dijo recitando el saludo convenido mientras depositaba su superlativo cuerpo en una silla vacía frente a Puente.

—Y si yo tuviera un barco para qué mierdas necesitaría un puente —contestó cerrando con sus palabras la presentación entre los dos.

—Bienvenido —siguió Pineda—. A las tres en el Frutos del Mar, muelle seis.

El pastor Clark perdió a muchos feligreses luego de su sermón. Pero él no se sintió disuadido. Incluso después de enfrentarse a tantas respuestas negativas estaba convencido de la validez de su nueva misión. Todos los héroes de la Biblia pasaron por pruebas y tribulaciones, por burlas y pérdidas, él no tenía por qué ser diferente. Organizó a los que quedaban para emprender el viaje al sur, a la frontera en donde de alguna manera rescatarían a esas pobres almas del suplicio al que el Gobierno las había subyugado.

Mientras que muchos en la pequeña comunidad espiritual todavía dudaban de la validez del mensaje recibido por su líder, algunos pocos seguían con rigidez las reglas del poder de la revelación. Si Dios mismo se lo dijo al pastor, si Él le mostró lo que debían hacer, si el Altísimo los escogió a ellos, una parroquia de menor importancia, cuando tenían a su alrededor a tantas mega iglesias y pastores que eran tan poderosos como las más importantes celebridades, entonces ¿quiénes eran ellos para poner en tela de juicio, para titubear o tratar de tergiversar las palabras del Señor declaradas a través de su humilde servidor?

Hanna se encontraba, como siempre, del lado del pastor. Llevaba mucho tiempo de servicio en esa iglesia y confiaba a ciegas en ese hombre. A veces incluso le era más fácil seguir al ministro de Dios en la Tierra que tratar de estar del mismo lado que su esposo, el senador. Tenían muchísimas diferencias en su manera de ver las cosas. A veces le chocaba cuando sentía que su marido era frío, calculador. O que simplemente no escuchaba la llamada a servir como ella; o que hacía caso omiso a las directivas sentadas en la Biblia. Si hasta le daba la impresión de que a veces utilizaba los textos santísimos para lograr lo que él quería en lugar de lo que Él comandaba. Pero aquella vez de pronto la configuración de la política y el deber espiritual parecieron encontrarse en el mismo lugar. Eso la hizo dichosa.

La noche del lunes Pryce le contó a su esposa de los planes gubernamentales de realizar una adopción masiva de los miles de niños que tenían en los centros de detención a lo largo de la frontera. Le indicó que era un secreto pero que por tratarse del pastor Clark, y de ella, claro está, podía hacer una excepción y no sólo acompañarlos en su misión sino abrirles todas las puertas burocráticas necesarias y hasta ofrecerles la opción de acomodar a uno o varios niños en sus casas hasta que fueran adoptados. Eso sí: no podían decirle nada a nadie. De tener a los medios envueltos en esa operación, las cosas se harían más difíciles, se alargarían al punto de que esas pobres criaturas tendrían que esperar demasiado tiempo para poder vivir libres en ese país a donde sus propios padres los habían enviado.

Hanna sintió un pequeño estremecimiento de nerviosismo, pero en lugar de empezar a cuestionar lo que Pryce le dijo y hacerle huecos por todas partes a esa historia que le sonaba "rara", decidió que al final lo que su marido le presentaba era una oportunidad para hacer el bien. Entonces puso de lado las preguntas que tenía acerca de los padres de esos niños, y si en verdad los daban en adopción, y le dedicó toda su atención a la idea de ofrecerles una familia en un país "superior" a todos esos pequeños. En su mente Dios les pedía que fueran héroes. ¡Tenían tanto que hacer para prepararse!

Pasó la noche dando vueltas en su cama, si bien el pastor Clark había recibido la primera revelación, la de ayudar a los inmigrantes en la frontera, era ella la que acababa de encontrar el camino que necesitaban para lograr su propósito. Ni bien amaneció, Hanna se apuró en alistarse y luego del primer café decidió que era hora de partir. Desde la ventana de la cocina Pryce la observaba sonriente mientras encendía un cigarrillo. Una de las cosas que más le gustaba de su mujer era lo fácil que resultaba manipularla.

Al llegar a la iglesia, Hanna corrió al despacho del pastor. Lo encontró leyendo su Biblia. Sabía que estaba buscando respuestas en los evangelios. De haber nacido en la época de Cristo, el pastor hubiese sido uno de los apóstoles, al menos esa era lo que esa humilde seguidora creía. Y es que siempre que lo miraba veía un halo alrededor de él. Para ella, la señal segura de su santidad. El hombre era un escogido de Dios y por eso para ella su palabra venía directo del Cielo.

—Pastor Clark… ¿Tiene un momento? —preguntó Hanna desde la puerta de la oficina y avanzó un paso hasta quedar en una posición incómoda, en medio de la nada. Al darse cuenta, retrocedió y colocó su mano en la manija con tanta fuerza que casi se cayó al suelo. El pastor no se dio cuenta de ninguno de esos movimientos pues estaba sentado de espaldas a la puerta. Hanna recuperó su aplomo y prosiguió cuando él volteó y le dedicó una sonrisa serena—: Um… la verdad no sé… y no quiero ser malcriada o presumir de saber… pero… ummm… —Se quedó mirándolo. No encontraba la manera de juntar sus palabras en oraciones claras y concisas. Le era intimidante hablarle a un clarísimo representante de su Señor.

—Habla, mujer… Se ve que tienes algo importante que decir… Si hasta estás más temprano que lo tempranísimo que siempre llegas… —contestó dejando su Biblia sobre el escritorio en señal de prestarle toda su atención.

Hanna buscó otra manera de acomodarse en la puerta y al no encontrarla, avanzó hasta sentarse en una de las dos sillas colocadas frente al pastor. Luego dejó salir un largo suspiro, como si en este se le fueran todos los nervios acumulados.

—Tengo una idea que puede ayudarnos con nuestra misión. Mi esposo, que como usted sabe es senador, me ha confesado que miles de niños inmigrantes que se encuentran en los centros de detención en la frontera van a estar disponibles para ser adoptados. Y que, si queremos, podemos ser de los primeros en ayudar a que estas criaturas encuentren familias cristianas que les ofrezcan el cariño familiar que no tienen… Podemos ir a la frontera y regresar con los niños para que sean adoptados, pero no podemos compartir esta información con nadie. Todo estará coordinado con la oficina de mi esposo.

—*"Dejad que los niños vengan a mí, porque de ellos será el reino de los cielos…"*. ¡Es perfecto, Hanna! Alabada seas tú y tu marido. ¡Nos ponemos a trabajar en eso de inmediato!

Pineda apareció a las 2:59 de la mañana. Ya el grupo estaba cerca del Frutos del Mar. Sin hacer mucho aspaviento, la capitana hizo un gesto para que la siguieran. Los chicos caminaban embobados detrás de ella; iban admirando la perfección del rítmico vaivén de sus caderas monumentales, la simetría de sus colosales nalgas al ir y venir una después de la otra, la belleza de sus magnos senos apuntando hacia la luna, pero sobre todo el color oscurísimo de su piel y los rizos dorados sueltos que le cubrían hasta la mitad de su espalda.

Cuando llegaron frente al navío, la tripulación se encontraba ultimando detalles para zarpar. Admiraron entonces la destreza de la mujer para dar órdenes como quien dirige a los músicos en una orquesta, sin vacilar, con completa certeza, tranquila; enfocaba en cada área del navío, repasaba los sistemas hasta asegurarse de que estuvieran listos y luego pasaba a la siguiente zona.

Mientras Pineda terminaba de alistar la embarcación, Puente y Clavo hicieron pasar a los chicos; les asignaron un espacio bastante restringido, una bodega escondida cerca de la cámara de hielo. El pútrido olor de pescado muerto les dio la bienvenida. De inmediato la fetidez los envolvió causándoles momentáneas náuseas. Muchos quisieron salirse, pero al ir a abrir la pesada puerta escucharon el sonido de un pasador con varios dispositivos que iban cerrando de manera electrónica, como de caja fuerte en banco o de celda en penal de alta seguridad. El cuarto estaba trancado desde afuera.

No habían terminado de digerir esa realidad cuando sintieron un movimiento fuerte en toda la habitación y luego un jalón. La caja donde se encontraban presos de pronto empezó a bajar y al llegar a su lugar final sintieron que algo encima de ellos se cerraba. ¿Tal vez un piso falso para esconderlos allá abajo? De inmediato se hizo totalmente oscuro.

Puente trató de tranquilizar al grupo.

—Aquí estaremos resguardados de cualquier peligro. Nos han escondido en un lugar en donde nadies nos encontrará… Es para nuestro bien —dijo con la voz más calmada que pudo articular.

Los chicos se quedaron callados. Unos segundos después Kisaura se le unió a Puente:

—Cabal. Pues, a quedarnos aquí muchá —expresó en un tono alegre—. Ahora a ver cómo le hacemos para entretenernos.

—Ya verán que se pasa rápido. Primero nos olvidamos de la situación —les siguió Clavo. Era raro que siendo un hombre por lo general hosco estuviera tratando de aparentar ser paternal, pero en ese momento todo se valía y él sabía bien cómo ofrecer esa sensación de normalidad en un momento de crisis.

Mángel, que estaba sentado al lado de Kisaura, le tomó la mano a la chica y le susurró que él siempre la protegería. A lo que ella empezó a reírse quedito y al poco rato le contestó que le agradecía el gesto pero que en verdad ella sabía cuidarse y que en una de esas a ella le tocaba salvarlo.

El chico se quedó un poco desconcertado por las palabras de Kisaura, pero en medio de aquella desazón le gustó que ella se mostrase independiente; después de todo, prefería ser su amigo que el príncipe valiente. Y así se lo expresó apenas ella dejó de hipar y llorar de la risa.

Al cabo de una media hora en esa oscuridad sintieron que el barco se movía. Decidieron que de seguro ya estaban zarpando. A partir de ese instante trataron de distraerse adivinando lo que estaba sucediendo en cubierta. La gran mayoría escogió centrarse en tratar de imaginar a la capitana. En la oscuridad la dibujaban con sus dedos y sus palabras yendo y viniendo, ocupada en mantener el perfecto control sobre la nave y su tripulación, creciéndose en sus mentes febriles hasta convertirse en un espectacular monumento, la confabulación de todas las historias de piratas convenientemente consolidadas en ese mujerón del cual todos ellos dependían.

Trataban de hacerse a la idea de que la travesía duraría horas, tal vez días, ninguno sabía con certeza porque todo esto era nuevo para todos, incluso para Puente y Clavo, que habían llegado hasta el puerto y a Pineda basados en la palabra de los hermanos que los acogieron en el refugio de la montaña. Les parecía raro que nadie les hubiera pedido dinero para cruzarlos, pero quisieron pensar que era la pura bondad de extraños que los llevaba de un lugar a otro, avanzando simplemente porque llevaban a los niños con ellos.

Pronto las voces que contaban cuentos se fueron apagando. El movimiento del barco los adormiló hasta que todos entraron en un maravilloso sopor que los transportó a futuros maravillosos en tierras de generosa abundancia. Se vieron entonces embarcados en lo que para cada uno de ellos constituía la mejor definición de lo que buscaban en aquel país mítico que en sus imaginaciones pintaron con los mejores crayones y los colores más brillantes. Preciosas, impecables, perfectas representaciones de lo que esperaban encontrar ni bien cruzaran hacia el otro lado. ¡Si hasta podían hablar en inglés en sus sueños!

Rob le dio el encuentro a su esposa para las clases prenatales. Todavía pesaba en su mente la imagen de ese joven muerto. No entendía cómo podía haber sucedido aquello en un centro de detención tan bien custodiado. ¿Y la reacción de sus compañeros? ¿Acaso uno o varios estuvieron envueltos o vieron algo? ¡De otra manera, no tenía sentido alguno su renuencia a investigar! La injusticia lo volvía loco.

Y justo cuando advirtió que la ira le empezaba a llenar el cuerpo tuvo que hacer una pausa. De buenas a primeras tuvo que regresar a ser Rob el marido, el padre, el hombre. Emma se le acercó sonriendo mientras acariciaba su barriga creciente y por fin la mente de Rob logró desconectarse del pobre chico ensangrentado muriendo tan lejos de los suyos. Ella se chocó a propósito contra él y dándole un caderazo lo tomó de la mano. Él sintió la energía, la vida que crecía a su lado y se sintió centrado gracias a ello.

Ingresaron al centro comunitario en el hospital local donde Emma pronto daría a luz. Ya varias parejas iban llenando el espacio con sus colchonetas, almohadones, cojines de acupresión, pelotas suizas y demás cachivaches requeridos para la clase.

Rob y Emma se miraron enamorados y se dedicaron a realizar las tareas necesarias para estar listos para empezar. Cada uno recogió alguna de las cosas requeridas para la clase y al poco tiempo estaban sentados, Emma adelante y Rob atrás, y empezando a practicar los ejercicios de respiración que a ella le costaban tanto porque en lugar de sentir que el aire fluía, como debía ser, le entraba un ataque de pánico y más bien sentía que se ahogaba.

Para Rob estar al lado de Emma era la mejor parte del día; sentir su ternura, su calidez, su frescura, incluso su inocencia, renovaba en él su fe en la humanidad; la misma esperanza que perdía cada día apenas entraba al centro de detención. Y ahora aquella vida que crecía dentro de ella lo hacía sentirse más ilusionado acerca de su futuro, pero al mismo tiempo lo cargaba de un sentido de responsabilidad que nunca antes tuvo, ni siquiera cuando le tocó liderar soldados en la guerra.

Llevaba mucho tiempo con el espíritu maltrecho. No era de esa manera como quería recibir un nuevo ser, un cachito diáfano de él y de Emma en su versión más pura. Desde que se enteró que su mujer estaba esperando supo que de alguna manera tenía que reivindicarse para poder recuperar el hálito luchador que se le moría en los pasillos del centro de detención.

Cerró los ojos enrojecidos por la emoción del momento y colocó sus manos sobre el vientre de Emma. A fines de su segundo trimestre, el bebé saltaba de gozo cuando lo percibía al otro lado de la piel de su mujer. Al parecer, le gustaban tanto las manos firmes de su padre y su voz gruesa conversándole a su manera, tan diferente del tono alegre y protector de su madre, que apenas lo percibía empezaba a dar unas pataditas de futbolista en entrenamiento. A renglón seguido, Emma siempre hacía mohines dramáticos al verse atacada con tanta fuerza por el ser que se formaba dentro de ella. Estar juntos era el oxígeno que necesitaban en un mundo imperfecto.

Rob disfrutó de la paz que esa situación le regalaba. La plenitud del universo se encontraba en la redondez de Emma. La armonía que él necesitaba para sobrevivir la sinrazón, la desazón, la turbación de lo injustificable, medía ya unos treinta y pico centímetros.

El salón se fue colmando de parejas, la mayoría más jóvenes que Rob y Emma. Más inocentes que ellos se podría decir. ¿Más incautos? De todas maneras. Igual les gustaba ser los mayores. Los otros los escuchaban como si supieran de qué hablaban. Asumían que ellos tenían otros hijos, que ya habían pasado por ese camino varias veces. La realidad era que ellos también eran primerizos, que tenían los mismos miedos, las mismas preguntas, la misma ilusión, la misma sensación de poder criar exitosamente a una criatura en un momento y de estar a punto de descubrir las fallas que serían como padres en el otro.

Al ingresar la instructora la clase se hizo silencio, todos se enfocaron en lo que ella les comunicaría. Ni siquiera los que fueron malos estudiantes en sus épocas colegiales dejaban de atender cada una de las palabras que salían de la boca de Brianna. Los que pasaron por su prenatal decían que no sólo era la mejor *coach* sino que traía buena suerte a la hora de dar a luz.

Para Rob y Emma, esa clase era su espacio semanal para deshacerse de todos los temores, de las cargas mentales innecesarias, de las listas de quehaceres domésticos y hasta de los pánicos autoimpuestos para, más bien, dedicarse a ensanchar cada vez más los linderos de su amor aprendiendo a expresarlo en maneras distintas, en detalles apreciados por su pareja, en la exploración de la intimidad en esos tiempos de perfecta imperfección. Él había aprendido a suavizar sus callosidades, a anticipar las necesidades de Emma, por más mínimas que éstas fueran. Ella, en cambio, había encontrado su verdadera voz, una que dijera con palabras claras lo que realmente quería. Dentro de todo, ese bebé ya los había transformado para bien. Los lazos entre los tres eran, al parecer, indestructibles.

Fueron unas cuantas horas que se mantuvieron en un apacible estado de quimérico ensueño, sus almas mentales enfocadas en mantener la vista en el tesoro que sería de ellos una vez demostrasen su valía al concluir todas las pruebas que aquel duro camino escogido les hiciese. Se veían como en uno de esos concursos de sobrevivientes en la isla desierta, como si los ojos del mundo estuviesen sobre ellos y la recompensa por su inmensa bravura fuese la entrada a ese cielo en donde nunca más tendrían que verse a todas horas con la coraza puesta y la espada desenvainada; porque en aquel norte las cosas sobraban, el aire era tan limpio que se podía sentir a gusto con sólo respirarlo y el agua era tan pura que nada más tomarla uno se sentía refrescado y muy sano.

Mángel apenas había abierto el ojo izquierdo y el derecho le hacía la lucha para que ambos cerrasen nuevamente cuando sintió que el sonido del motor del barco empezaba a amainar hasta quedarse en silencio total. Un segundo después dejó de sentir el vaivén de la embarcación sobre las olas. Se habían detenido pero no sabía el por qué. Pasó su mano lentamente por el rostro de Kisaura, quería despertarla aunque también deseaba contemplarla en ese estado de pureza angelical. Le daba la tembladera y no se atrevía a cortarle los pensamientos tan hermosos que seguro tenía mientras dormía. Se encontraba en ese ir y venir en sus pensamientos cuando un desorientado Puente empezó a gruñir órdenes:

—Muchá, parece que llegamos. ¡A levantarse que seguro ya salimos de esta ratonera!

—¿Qué fue? —murmuró aturdido Clavo al otro lado de la bodega. Su voz sonaba aguardentosa. Tal vez en su paraíso se servía mucho trago.

—Una hembrita y dos machitos —contestó Puente sarcástico. Los chicos que habían despertado se rieron de su ocurrencia y eso sacó del duermevela al resto.

A fuerza tuvieron que dejar esas imágenes prístinas del jardín del Edén norteño conjuradas en el extraordinario mundo paralelo de los sueños para navegar en la oscuridad del presente. Se tomaron de las manos y uno a uno cantaron sus nombres al aire denso de su encierro. Estaban completos.

El ejercicio les habría tomado unos cinco minutos, calculó Clavo, añadiendo a ello el tiempo para que todos despertasen: tal vez unos diez minutos desde que se dieron cuenta de que la nave dejaba de moverse.

—¿Por qué no vienen a sacarnos? —dijo Clavo para sí mismo, pero resulta que lo dijo en voz alta.

Nadie contestó. En verdad todos se preguntaban lo mismo.

Permanecieron sentados, en silencio, oídos atentos a cualquier sonido; a cualquier paso, así fuese en la distancia; a cualquier cerrojo abriéndose, así no fuese el suyo; a cualquier conversación, así no se tratase de ellos.

¿Por qué no venían a buscarlos? ¿Por qué no les decían qué estaba sucediendo? ¿Eran prisioneros o los estaban protegiendo? De pronto era difícil decir. Las distinciones entre una categoría y la otra se confundían disolviéndose en el territorio de las cosas que no tienen importancia en ese momento. El hecho era que se encontraban hacinados en un lugar escondido de la nave al cual tal vez exclusivamente Pineda tenía acceso, o, peor aún, conocimiento.

Ya habían perdido las esperanzas de ser rescatados de ese hoyo recóndito cuando escucharon pasos acercándose. Eran varios, de eso estaban seguros. Hablaban, pero no era un idioma que entendiesen. Sin darse cuenta contuvieron la respiración. Las personas, que ya habían llegado a la puerta, conversaban. Era como si no estuviesen seguros de qué hacer luego de abrir. Esa demora los inquietó incluso más. La tensión comunal se podía apreciar: las manos sudaban, gotas salinas de anticipación bajaban por las espaldas y los rostros, las respiraciones se escuchaban agitadas, las tripas nerviosas convulsionaban de terror en las panzas vacías.

Por fin el repiqueteo de alguien ingresando la contraseña en el teclado y el sonido del pasador deslizándose para dar lugar al milagro de la pesada puerta abriéndose.

Pineda no estuvo allí para recibirlos. Tampoco vieron a persona alguna de su tripulación. Los que miraron hacia adentro de la caja en donde Puente, Clavo y los chicos estuvieron escondidos durante la travesía fueron unos completos desconocidos en uniforme. Primero les impresionaron las armas que llevaban, dedo gatillero siempre dispuesto a hacer lo suyo, aunque pronto se dieron cuenta de que llevaban colocado en un lugar visible un parche de la bandera de ese país al que tanto querían llegar. Claro, por un inconsecuente momento se emocionaron creyendo que se trataba de un rescate. La sonrisa de los uniformados los llevó a pensarse que ese era el caso. Pronto supieron que eran efectivos de la guardia costera y de inmigración realizando una operación de incautación y redada; porque además de ser indocumentados ingresando de manera ilegal al territorio nacional, para colmo de males vinieron sentados encima de kilos sobre kilos de cocaína.

Media hora después los bajaron de la embarcación, los metieron en la parte de atrás de una camioneta y, sin decirles nada, partieron.

Después de muchos momentos tensos, de altercaciones verbales, de puños cerrados que casi se fueron a los golpes, de feligreses que no acertaban a ponerse de acuerdo, el pastor Clark perdió a muchos de sus parroquianos. A ratos le era raro entender que algunas personas no harían lo humanitario: dar la mano al vecino en problemas; pero luego se acordaba que hasta hacía unas pocas semanas él era de la opinión de construir una muralla gigante para mantener a los ilegales fuera y así proteger a los que ya vivían en esa gran nación. El vecino era el enemigo. Eso era lo que les había dicho una y otra vez. Era lógico que muchos estuviesen confundidos y hasta indignados con lo que ahora pregonaba.

Decidió no perder el tiempo pensando en los que no estaban de su lado, del lado de Dios en las alturas que le reveló su misión sagrada. Ya trataría más adelante de convencerlos para que regresen y se uniesen a su cruzada. Lo que veía frente a sí era el inicio de una batalla por las almas de esos pobres migrantes que caminaban kilómetros sobre kilómetros para llegar a la puerta dorada. No tenía duda alguna de su cometido; como Moisés, los liberaría de la esclavitud y los llevaría a la Tierra Prometida.

En poco tiempo organizó el viaje al sur. No tenía mucho a su disposición. La suya no era una de esas mega iglesias para empezar, pero los pocos que se quedaron junto a él, incluida Hanna, pusieron a su disposición todo lo que tenían en cuestión de bienes terrenales. Entre todos lograron conseguir lo que consideraron una suma importante de dinero para cubrir sus gastos y lo que necesitasen comprar una vez que llegasen a la frontera. Sin saber cuál era el plan exactamente era difícil arribar a una conclusión real acerca de lo tendrían que afrontar, pero todos estaban convencidos de que aquello sería revelado a su tiempo, así que hasta ahí llegó la discusión o cualquier tipo de especulación: Dios ya tenía todos los detalles escritos. La camioneta donde viajarían apareció milagrosamente una tarde frente a la iglesia, tenía una nota sin firmar en donde el pastor se enteró que el vehículo procedía de un feligrés que pedía permanecer en anonimato ya que su familia había quedado dividida por quienes apoyaban el cambio y aquellos que no estaban de acuerdo. Obviamente él estaba con la misión. Todo estaba en regla. Los papeles estaban en la guantera.

✻✻✻

A las pocas semanas ya estaban en camino. Eran doce los que decidieron que fueron llamados para aquella obra de rescate. Doce y el pastor. Tal y como Jesús y sus doce apóstoles, el mensaje era claro. El destino fue decidido casi a ojos cerrados. El pastor puso en papelitos los nombres de las ciudades en la frontera sur a donde llegaban los inmigrantes y le pidió a uno de los doce que escogiera. Con alabanzas celebraron la selección. Ya en ruta se enteraron que se trataba de una ciudad costera cerca del golfo y del desierto, una de las localidades en donde sin conocimiento del público habían ido yendo a parar más y más de esos inmigrantes a los que la parroquia quería ayudar, los que venían de absoluta pobreza, los que carecían de riquezas materiales o de cultura general, los que andaban a la deriva espiritual y por tanto necesitaban ser liberados.

Rotándose el volante manejaron día y noche, evitando así tener que detenerse a descansar en algún hotel de carretera y gastar dinero que precisarían más adelante cuando se viesen frente al horrendo cuadro de desesperanza que estaban seguros se encontrarían en la frontera. Eso sí, paradas tuvieron que hacer de todos modos para recoger comida o usar los servicios. Para mantener a los choferes despiertos, el grupo iba cantando y rezando, buscando en ese Dios perfecto de amor inagotable e inmutable la energía espiritual que los nutriese hasta el final del camino.

En dirección inversa a los inmigrantes que caminaban de sur a norte, ellos se acercaban a su destino de norte a sur. El sur y el norte en cierto punto se convertían en el mismo para unos y otros, el mundo al revés y el revés del mundo eran, a final de cuentas, lo mismo.

Las semanas de caminata que al inmigrante le costaba recorrer varios países en condiciones sumamente difíciles, arriesgando la vida con cada paso, equivalían a un puñado ínfimo de días con mínimas incomodidades para los que se veían como rescatistas de almas en pena ahogándose en las orillas de ese país al que le sobraba todo, menos la generosidad para con el extraño.

Hay que ser harina de otro costal para creerse a pies juntillas y sin hechos que lo demuestren, que el

Dios de allá arriba te ha escogido, específicamente a ti, para ser salvador de personas a quienes ni siquiera conoces o comprendes. Pero ese era el caso con el pastor Clark y su congregación. Eso era lo que creían de todo corazón, nada les haría dar media vuelta y regresar a sus cómodas vidas. Todas las señales estaban ahí desde el comienzo: la revelación, los obstáculos del viaje resueltos uno a uno; luego ya todo lo que sucedía lo convertían en sus mentes en avisos de neón: no tenían manera de ignorar el clarísimo mensaje. Encima de todo recibieron a través de Hanna un encargo adicional, su esposo el congresista les daría el alcance para iniciar un nuevo programa del Gobierno con miras a proporcionar hogares seguros y amorosos a los menores que viajaban solos. Cuando el pastor compartió las buenas nuevas con el grupo, la alegría de saber que serían los primeros en esa nueva cruzada los renovó por completo durante el último tramo hasta ese lugar recóndito en donde todos se encontrarían.

Poco a poco pudieron concluir que ya estaban en ese país. Para empezar, el idioma no era el suyo, no lo reconocían para nada y en ninguna de las acepciones que escucharon al atravesar por tantos países. Identificaban el sonido, eso sí, y la pronunciación exageradamente veloz de ciertas palabras y como en cámara lenta de otras. No entendían lo que decían, pero les gustaba mirar esos labios que al hablar se movían de una manera que les parecía salida de una película. En cuanto a su aspecto personal, los uniformados eran diferentes también, de mejor corte tal vez, sus rostros angulosos, masculinos; sus cuerpos superlativos, musculosos, esculpidos al detalle en un torno de perfecto calibre; sus manos grandes, ásperas, rugosas antes de tiempo; sus sonrisas cuajadas preseleccionadas para ellos, los indeseados alienígenas que se les colaban sin permiso en la tierra por la que ellos darían la vida. Por fin, más allá de las ventanas del vehículo que los transportaba, pudieron observar que la bandera tantas veces por ellos soñada, con sus estrellas alegres y sus conocidísimos colores, ondeaba por todos lados.

Entremezclados con los soldados en esa especie de jaula grande dentro de un vehículo de transporte los integrantes del grupo trataban de hablarse con la vista. No sabían qué decirse, aparte de que sentían miedo. Las cosas con Pineda no salieron como pensaron y ahora realmente no estaban seguros de lo que les estaba sucediendo, a dónde iban y para qué. A ratos Puente trataba de sonreír como para que los chicos no se asustasen tanto, pero la verdad sus labios se acomodaban en un gesto que lindaba entre "no me lo puedo creer" y "¿ahora qué va a pasar?". Mángel, que estaba sentado al lado de Kisaura, le tomó de la mano y acarició sus dedos, luego le susurró algo al oído y antes de que ella reaccionara, le pidió con los ojos que no hiciese un solo gesto. Luego se miraron con aquella intensa ternura de enamoramiento adolescente y ella afirmó con la cabeza mientras una pequeña lágrima rodaba por sus mejillas hasta detenerse sobre unos gránulos de tierra acumulados sobre su piel, agrietándose de inmediato al secarse con el viento que penetraba arenoso por los ridículos orificios que hacían de ventanas en aquel transporte.

En esa jaula, que no sólo parecía para animales sino que olía como si así lo fuese para el diario, permanecieron por unas horas. Nadie les dijo nada ni trató de explicarles o comunicarse con ninguno en el grupo durante la duración de ese primer viaje en territorio extranjero para ellos. Los soldados estaban entrenados para no sentir nada, ni siquiera cuando se trataba de criaturas. Igual no necesitaban palabras para entender que eso no era una bienvenida, que la cosa no pintaba bien. Lo bueno era que ser detenidos así era cien veces mejor que caer en manos de las maras o los narcos o los traficantes de humanos. Tal vez la pasarían mal por un momento, pero no se podían imaginar un resultado final que no fuese vivir libres en ese país maravilloso. Eran menores, nada realmente malo les podía pasar… estaban protegidos, ¿o no?

De madrugada llegaron a un área fuera de un poblado, vieron que en el desierto se levantaba un campamento inmenso de carpas blancas asentadas alrededor de lo que, por las paredes tan altas y el alambrado de púas coronando las murallas alrededor del edificio, parecía una cárcel. Sintieron que la camioneta se detuvo, escucharon una conversación y una puerta metálica abriéndose y luego continuaron el trayecto unos metros más allá.

Con apuro innecesario los hicieron bajar, empujándolos con la punta del cañón de sus fusiles los hicieron colocarse en la parte de atrás de la camioneta hasta tener a todo el grupo seguro. Mángel fue quedándose atrás y cuando ya bajaban los últimos, de un brinco logró retroceder y esconderse detrás de una banqueta. En ese instante Kisaura le jaló de la trenza con mucha fuerza a la niña que iba a su lado y se empezó a pelear con ella, gritando y arañando hasta que ambas fueron a dar al suelo. Cuando por fin lograron detener la pelea unos minutos después, Mángel ya estaba fuera del centro de detención e intentando subirse a una camioneta que llevaba unas cajas vacías en la tolva.

En ese instante Rob y Lucas llegaban al centro de detención listos para empezar su turno y lo que vieron a pocos metros de donde doblaban para llegar a la garita de entrada les pareció sospechoso. Los agentes conocían al dueño de la camioneta que hacía entregas de fruta fresca en el área, así como a sus ayudantes. Y el niño aquel que ya estaba tapándose con pedazos de cartón no era parte de esa operación.

Rob avanzó hasta estacionarse detrás de la camioneta. Bajó de su vehículo y saludó al chofer con la mano mientras miraba con detenimiento las cajas vacías. Estaba seguro de que en algún momento el niño se movería y entonces levantaría el cartón bajo el que se ocultaba y lo detendría. Lucas no tenía tanta paciencia y apenas se acercó a la *pick up*, procedió a quitarle las cobijas cartoneras a Mángel. En sus ojos encontraron una súplica.

—¿Qué haces aquí? —dijo Lucas—. ¿Trabajas en la finca? —preguntó mientras miraba al distribuidor de frutas buscando confirmación.

El hombre sintió pena por el chico, pero igual negó con la cabeza. No podía meterse en problemas por un ilegal.

—¿No es suyo? —quiso aclarar Rob.

—No, no sé quién será, pero no es trabajador nuestro. Está muy chico. Ya saben que yo sigo la ley al pie de la letra.

—¿Se habrá fugado del centro? —dijo Lucas a manera de explicación.

—No me parece —contestó Rob, aunque estaba seguro de que ese era exactamente el caso. De alguna manera sentía compasión por ese desconocido que los miraba muy asustado—. Seguro que sólo estaba jugando… Debe ser de aquí —dijo ofreciéndole la mano a Mángel para que se bajara de la tolva.

El senador Pryce Collins le dio el encuentro al grupo de feligreses de la iglesia de Hanna en la posada en donde se encontraban. Venía con una pequeña comitiva oficial del Gobierno, la cual también incluía a sus nuevos socios, entre ellos D'Andre Brown y otros inversionistas en su lucrativo negocio secreto, a quienes de inmediato presentó como representantes de organizaciones no gubernamentales con interés en el bienestar de los menores indocumentados.

Al verlo ingresar seguido de sus acólitos Hanna sintió inmenso orgullo por su marido. Congresista, caritativo, carismático, compasivo. Su esposo tenía la combinación perfecta de empatía y liderazgo. ¡Todo un *servant leader* era su Pryce! Se acercó a recibirlo, en su mirada la más profunda adoración.

—Mi amor, ¡qué bueno que ya estamos todos aquí! —dijo de una manera acaramelada y luego lo abrazó—. Creo que conoces al pastor Clark —los presentó por si no lo había hecho en algún momento en el pasado. Pryce no era de los que iban con frecuencia a la iglesia, siempre le decía que cuando ella llegase al Cielo que le enviase un flotador para que él también pudiese subir; pero la verdad era que no creía en nada de eso y por dentro etiquetaba el tema religioso como "tonterías que hacen feliz a mi esposa y la mantienen entretenida, calmada y sumisa". Hanna era la tonta útil ideal, la pantalla que le permitía ofrecer la ilusión de pareja perfecta hacia el mundo exterior mientras que detrás de su mujer él hacía y deshacía como le daba la gana, especialmente con respecto a satisfacer sus apetitos de pederasta con gustos cada vez más estrambóticos.

—¡Mi vida! —contestó Pryce siguiéndole el juego de marido enamorado—. Estamos aquí para servir —agregó tendiéndole la mano al pastor.

—¡Estamos tan agradecidos por la oportunidad! —expresó el pastor asoleándose al calor del senador.

—Tenemos mucho por hacer por estas pobres criaturas y poco tiempo para hacerlo, así que todos son bienvenidos —expresó Pryce mientras curvaba sus labios en una sonrisa de artista de cine. Su espléndida energía era contagiosa. Todos podían sentirla en el vestíbulo del hotel. Sin exagerar, era como si el sol hubiese salido ahí mismo.

Pryce presentó al resto de los miembros del grupo que lo acompañaba y el pastor Clark hizo lo mismo. Luego pasaron a una sala de reuniones para coordinar sus siguientes pasos. Aparte de trasladar a los miles de niños fuera de los centros de detención y a las manos de sus clientes, el senador tenía en mente un objetivo que le serviría de coartada pública. Aquel era conseguir unas cuantas familias adoptivas a través de las congregaciones religiosas, de manera que de presentarse problemas siempre se pudiera apuntar hacia aquellos casos positivos. Para eso estaba el pastor Clark. Para eso estaba Hanna. Para eso estaban todos los que querían creer solamente en lo que veían, los que no desconfiaban incluso cuando tenían razones para desconfiar, los que pensaban que hasta esas fronteras nada más llegaban los buenos.

De rato en rato Pryce y D'Andre se miraban e intercambiaban sonrisas, realizarían un asalto a plena luz del día, pero nadie lo vería. Y cuando les dieron el aviso de que los aviones de carga estaban al llegar a la base militar desde donde transportarían a los menores a sus nuevos hogares en todo el país, el par celebró el inicio de la operación con opíparos discursos acerca de la tremenda generosidad de todos los que ahí se encontraban.

Apenas entraron al edificio principal separaron a Clavo y Puente del grupo de chicos. A los menores los llevaron a una zona aislada de la población general al fondo del centro. Casi desde la entrada se podía escuchar los gemidos, alaridos y berrinches de jóvenes y pequeños pidiendo atención, llorando por volver a ver a sus padres o rogando para que los dejaran salir. Con Vivíca muerta y Mángel desaparecido, únicamente quedaban Jonash y Kisaura para calmar los nervios de los chicos de su grupo y la verdad que los nuevos guías no se veían a la altura del trabajo que se les presentaba. No era que no tuvieran la valentía para enfrentarlo, sino que no podían procesar mentalmente lo que estaban viviendo. Haría falta un momento para tranquilizarse y pensar.

El centro de detención estaba conformado por laberintos dentro de laberintos de callejuelas con muy poca iluminación en donde habían ido colocando jaulas metálicas del tamaño de una habitación. Como los ilegales por lo general arribaban en grupos, los iban encerrando juntos en esos calabozos en donde cada vez hacinaban más y más de aquellos caminantes del sur. Era un mar de caritas morenas, tristeza de miradas hambrientas de calor humano, olor penetrante de pañales cagados hacía días, manitas apenas asomando entre las rejas que cortaban de a pocos su humanidad, dolor ilimitado en posición fetal sobre el suelo de cemento, palabras en tantas lenguas sumándose en un coro de oraciones que nadie escuchaba, ratones paseándose por entre la comida rancia y los vómitos de los enfermos, cucarachas voladoras deambulando el presidio de los inocentes, posándose sobre cabellos que morían de la inanición. ¿Qué hubieran pensado esas pobres criaturas si supieran que en algunos círculos de ese país al que tanto amaban sin siquiera conocerlo pintaban su espantosa situación como un campamento de verano?

El eco de las plegarias sin respuesta rebotaba contra el ladrillo, el metal y el cemento causando un abominable sonido constante, punzante, tan penetrante que sin falta todo el que pasaba un rato ahí sentía un horroroso dolor físico tan fuerte que hasta podía hacerle desmayar. Ni el más endurecido de los guardias podía aguantarlo por mucho tiempo, así que las rondas en ese espacio eran cortas.

Kisaura ocupó el papel de madre y Jonash el de padre. No les quedaba alternativa. Tenían que asumir el rol que la vida les obligaba a tomar en esa chirona de mala muerte. Ellos eran los mayores y también los que trabajaron de cerca con Clavo y Puente, así que de todos modos de manera instintiva los chicos de su grupo tendían a buscarlos para elevar sus quejas o resolver problemas.

Lo primero que sucedió apenas empezaron a acomodarse en ese diminuto espacio enrejado fue que dos guardias aparecieron con una manguera que se parecía mucho a la que usan los bomberos. Uno de ellos se acercó y les hizo gestos para que se desnudaran mientras balbuceaba algunas palabras en un español de aprendizaje en Internet tratando de explicarles que era la hora de bañarse. Los chicos lloraban atemorizados retrocediendo hacia la parte de atrás de la jaula. Kisaura los protegió con su cuerpo desplegado frente a ellos mientras Jonash avanzó amenazante hacia los oficiales. Uno de ellos se burló soltando una risa exagerada y enseguida se lanzó con toda su fuerza a rasgar la ropa del muchacho. Él trató de defenderse, pero no era rival para ese hombre, y en instantes se encontró desnudo y avergonzado. Los demás se vieron obligados a quitarse la ropa.

El golpe del chorro intenso de agua helada pegándoles con inmensa presión sobre los cuerpos flacuchos los tumbó, haciendo del grupo una masa humana de dolor, de rabia, de zozobra. Si así empezaba su aventura en el país tan querido, ¿cómo terminaría?

Se vistieron tan pronto como pudieron con aquella misma ropa sucia que ahora además estaba mojada. Kisaura les ordenó sentarse tranquilos mientras ella buscaba información acerca de aquel lugar.

En la celda del lado derecho se encontraba un grupo de jóvenes como de su edad, no tenía a ningún pequeño, como era el caso con ellos. Buscando aparentar una fortaleza que en verdad se le descolgaba por entre las piernas, Kisaura escaneó con la mirada hasta encontrar al otro lado de las rejas a alguien que le pareció podría jalarle la lengua.

—¿Qué ondas? ¿Así de mierdas son siempre estos cerotes? —le preguntó a una distancia segura, aunque mirándola a los ojos. Siempre a los ojos, como les enseñó Puente; de otra manera, te revientan.

—Estos las riegan con los cipotes. Vergones son, pues —le contestó en un tono tan duro como falto de emoción la chica que Kisaura había escogido. Era delgada y alta, con la cabeza totalmente rapada y llena de tatuajes de escenas infernales, sus ojos de un negro abismal sobresalían en el rostro cadavérico. Se detuvo en el enrejado y pasando sus dedos largos por entre los agujeros tocó a Kisaura a la altura de sus piernas—. Mera neta, te wachean para ver cómo reaccionás. Y si te dejás, ay te caen —le dijo mientras le incrustaba la punta del dedo índice en la bragadura.

Kisaura intentó no alarmarse por lo que la chica le acababa de hacer delante de todos. Igual su rostro se puso colorado y las piernas le empezaron a temblar.

—Soy Elizabeth… ¿Y vos? —se presentó mientras la seguía sobando, sonriendo cuando le sacaba una reacción encendida.

—Kiiiiiii…sauuuu…raaaaah… —apenas pudo contestar mientras se prendía con ambas manos de la reja. No estaba segura de lo que estaba sucediendo, pero no podía evitar el delicioso placer inesperado que recorría como ondas de fuego su cuerpo virginal, haciéndole olvidar con cada ola de estruendos de aquel inmenso arrebato los peligros que en esa cárcel acechaban.

Rob le pidió a Lucas que le dejase la camioneta y procediera con su rutina mientras que él veía qué hacer con el chico que pillaron escondiéndose en la camioneta del frutero. Confiaba en su amigo, pero no lo quería meter en ningún tipo de problema por su malhadada necesidad de ayudar a todo extraño que se le cruzase por la vereda; y estaba seguro de que aquel joven huía de las autoridades; es decir, del mismo centro de detención donde él trabajaba. Aparte, todo sería mucho más sencillo si no tenía que cargar con Lucas, darle explicaciones o rogarle para que se adhiriera al plan. Ya tendría la oportunidad de contarle todo si no le quedaba de otra que pedirle su ayuda.

Una vez que estuvieron solos, pidió un taxi y con Mángel se dirigió a su casa. Sabía que a esa hora Emma salía a hacer ejercicios con sus amigas y luego se iban de compras o a un café, así que tendría tiempo de sobra para pensar en una solución.

Durante el trayecto Mángel se mantuvo callado y pendiente de los movimientos que hacía Rob. Le daba la impresión de que podía fiarse de aquel hombre. Después de todo, lo había encontrado haciendo algo sospechoso, cerca de la carceleta para inmigrantes, sin hablar ni pizca de inglés; y en lugar de entregarlo, se lo llevaba a algún otro sitio.

Al llegar a la casa, Rob le habló por primera vez en español:

—¿Mi nombre es Rob y el tuyo?

—Mi nombre es Miguel Ángel, pero todos me dicen Mángel —contestó el chico muy sorprendido por aquel regalo que significaba poder comunicarse—. ¿Sabés hablar como yo hablo?

—Un poquito —le contestó sonriente mientras le indicaba con la mano para que se bajase del vehículo que hizo que el taxista estacionara en una vereda frente a la casa.

Cruzaron juntos el césped que llevaba hasta la puerta principal. Mángel sonreía aliviado mientras Rob miraba a su alrededor para ver si alguno de los vecinos los había visto llegar. Vivían en un vecindario en donde todos se conocían y se cuidaban, así que no sería raro que alguien se preocupase al verlo con un adolescente desconocido, sobre todo porque el chico era "bien marrón" y se notaba que estaba fuera de lugar. Felizmente no se encontraron con nadie.

De nuevo con gestos Rob llevó al chico hasta el cuarto de baño y empezó a llenar la tina con agua caliente. De pronto se sintió incómodo tratando de hablar su español precario con Mángel. No era que no pudiera, sino que a veces le daba un poco de vergüenza equivocarse con las palabras. Y la verdad no quería jugárselas con el muchacho, no quería asustarlo ni de casualidad. Tal vez sería porque estaba esperando su primer hijo o porque le daba pena la manera en que trataban a los inmigrantes ilegales en la frontera, pero él sentía que debía ayudar, así fuese solamente a ese muchacho.

Cuando terminó de llenar la bañera, se levantó y entregándole una toalla limpia y una barra de jabón nueva le indicó como pudo que estaría afuera esperándolo cuando estuviera listo. Mángel le contestó con una sonrisa y apenas lo vio salir cerró la puerta con pestillo, se sacó la ropa inmunda y se metió a la tina. No estaba seguro de qué estaba sucediendo o quién era ese hombre que lo ayudaba, pero podía sentir que no tenía que tener las defensas arriba o planear un escape de aquel lugar. No. De alguna manera sabía que ese extraño en uniforme sería su salvación, que debido a que no lo llevó de regreso al centro de detención y ahora se mostraba caritativo con él, podía confiar en el norteño.

Se quedó dormido en ese delicioso arrullo de caliente oleaje y neblinoso aroma a eucalipto, las capas de teñido cansancio derritiéndose sobre el pequeñísimo mar de los remedios, flotando incorpóreo entre la realidad y el mundo de los sueños.

Empezaba Mángel a verse junto a Kisaura, allá por unos bosques de gigantes árboles frutales y gramado tan alto que fungía de espeso colchón, cuando sintió que una voz lo llamaba. Como sonaba muy diferente, al comienzo pensó que era de alguno de los soldados que los sacaron del barco, no entendía nada pero sentía miedo y no quiso abrir los ojos, no quiso dejar ese lugar tan bonito o a Kisaura. Luego reconoció que el que hablaba era Rob y se acordó de su situación.

Ya para ese momento Rob había hecho trizas la puerta que cayó a pocos centímetros de la tina, despertando a Mángel del maravilloso e hipnotizante adormecimiento que lo colocó por algunos segundos bajo el agua en donde flotaba la cochinada cargada en su piel desde varios países más atrás.

—¡Mángel! ¡Mángel! ¡Despierta! ¡Despierta! —el chico escuchaba que Rob gritaba. Él pensaba que ya estaba despierto, pero por lo visto algo malo había sucedido porque en lugar de poder contestarle sintió al agente luchando por reanimarlo mientras él permanecía desnudo, chorreando espuma jabonosa y desvanecido sobre las losetas frías.

Como si fuese un muñeco de trapo, el hombre lo colocó en diferentes posiciones para ofrecerle los diferentes procedimientos de salvación hasta que el joven por fin reaccionó con una sonora tos seguida por un ahogamiento que, aunque perturbador, anunciaba su regreso a la vida.

—¡Por Dios! ¡Qué susto me has dado! —gritó Rob colocándole la toalla—. ¡Te ahogabas en un poquito de agua! —le aclaró mientras se levantaba y sentaba a Mángel sobre la tapa del retrete y lo sostenía de los hombros con ambas manos para asegurarse de que no se caería si lo soltaba.

Mángel lo miró entre asustado y curioso. Le quería creer, pero no recordaba ninguna cosa fea. Estar con Kisaura en un sitio precioso y sintiendo tanta paz no era exactamente lo que hubiese esperado sentir al momento de morir.

Kisaura le puso cara de molesta a Elizabeth apenas se le pasó la sensación de vuelo intergaláctico celestial que aquel primer orgasmo le regaló.

—Yo no soy así… A mí me gustan los chicos —le dijo a su nueva amiga tratando de poner el parche luego de que el primer sangrado ya se había hecho.

Elizabeth se puso cara a cara con ella en la reja. La besó con dulzura en los labios.

—Yo tampoco soy así. Pero vos verás que cuando no tenés de dónde escoger, se te pasa lo de ser exigente —explicó y la rozó de nuevo—. Aparte que seguro es buen entrenamiento para lo que viene… ¿Vos sos virgen? —indagó tan campante, como quien está averiguando si a alguien le gusta el café negro o con leche.

A Kisaura le pareció fuera de sitio la pregunta, pero no quiso que nadie la tachara de criatura sin experiencia, así que controló sus emociones cruzando los brazos en actitud de fastidio.

—¿Y a vos qué te importa? —contestó.

—¿A mí? ¡Para nada! Vos sos la que la vas a sufrir si no te preparás, campeona. ¿Vos creés que de aquí salimos bien panchas? ¿Que nos dan la ciudadanía por nuestra linda carita?

Los chicos a los dos lados de las rejas empezaron a acercarse para escuchar la discusión. Al parecer Elizabeth sabía algo que los demás no sabían.

—¿De qué hablás? ¿Me querés dar terapia? —preguntó Kisaura olvidando por un momento la actitud de leona enjaulada para convertirse en gatito casero.

Elizabeth se vio rodeada de rostros ansiosos y asumió el papel de madre superiora; aunque santita no era, la vida la había revolcado tanto que tenía bastante mierda pegada en el alma. Acercó unas cajas de madera que usaban para sentarse y poniéndolas unas encima de las otras se subió en ellas.

—Estos vergones no están aquí para hacernos la vida fácil. Yo estoy aquí un mes, creo, y a tiro que nos agarran de chuchos para hacer sus cochinadas. No importa si están encabronados o enculados con uno, igual te revientan. Y si no das lo que quieren, no te dan comida o joden y no dejan dormir o cagar…

—¿Y qué es lo que quieren? —preguntó Jonash, quien todavía no se enteraba de nada, ya que por ser un chico de grandes valores pero muy poca calle juzgaba a los demás como si siguieran su mismo código de comportamiento excepcional.

Elizabeth lo miró y sonrió con sensualidad.

—¿Vos qué creés? —le contestó mientras se tocaba el cuerpo con el erotismo aprendido a fuerza cuando ciertas noches sus carceleros la sustraían de su jaula, la obligaban a realizar un baile de estriptisera y luego tomaban turnos para violarla. Nadie sabía de aquello, pero ella ya fraguaba mentalmente su venganza; quién sabe si algún día convencería a los demás de atacar a los guardias, matarlos de ser posible, y luego fugarse de ese lugar de torturas infinitas.

—¿Creés que nos harían... que nos obligarían a hacer cosas...? —preguntó Kisaura sintiendo que ya el hecho de decirlo la enfermaba.

—¿Actos sexuales? —confirmó Elizabeth—. No creo, sé.

—¿Cómo sabés? —insistió Kisaura con rabia. Las náuseas se agolpaban en su garganta. Al igual que Jonash, quería aferrarse a la convicción de que se encontraban en un lugar seguro, pero ahora Elizabeth estaba tirando al suelo todas sus esperanzas de un certero manotazo.

—A mí me han hecho de todo —contestó Elizabeth bajando la cabeza avergonzada.

—A mí también —dijo una jovencita a su lado.

—Y a mí —susurró un chico gordito—. No me dan de comer si no lo hago... Y tampoco le dan de comer a mi hermanita —explicó y apuntó hacia una niña pequeña y esquelética que yacía en el suelo sin moverse.

—Y a mí. Con hombres y con mujeres... —dijo un joven de exquisitas facciones angulares y ojos de un maravilloso verde oscuro que llevaba una correa de barbilla de poquísima densidad pintada de un blanco ceniciento que lo hacía fácil de identificar entre tantos—. Me tienen amenazado con que si no obedezco nunca voy a salir de aquí.

—¿Viste campeona? Esta noche vienen por vos... sos carne fresca, ¿entendés? Así que mejor aprender algo conmigo antes de que te muelan si no sabés desempeñarte con ellos... —añadió Elizabeth calmada y al punto, como si estuviera comentando acerca de algún servicio común en aquel lugar.

Kisaura y Jonash cruzaron miradas intensas. Sintieron pavor hacia el terrible futuro que les pintaron los chicos de la jaula de al lado. No sabían a quién o quiénes les tocaría ser parte de las repugnantes ceremonias de desfloración las primeras noches en ese lugar, pero no les cabía duda de que a largo plazo todos los que ahí estaban serían víctimas de esos criminales.

—Y encima no sabemos qué va a pasar después —volvió a la carga Elizabeth—. Si nos van a dejar ir, si nos dejan quedarnos en el país o si nos regresan al sur...

—No entiendo —contestó Jonash—. Pensé que si llegábamos hasta aquí, ya nos dejaban quedarnos con papeles y todo.

—¡Simón! —contestaron los chicos en su jaula.

—A vos te contaron el cuento —respondió Elizabeth—. Cabal que así era antes, pero ahora que somos miles... ni siquiera hemos visto a un abogado o a un juez...

—Yo tiempos que ando aquí, que me echan mierda cada que les da la gana; y neta que awuevado ando, pero no pasa nada —dijo el guapo de los ojos verdes.

—Cabal —le siguió el gordito—. Nos vamos a morir en esta jaula y naidies se va a enterar.

Congregados en un círculo estrecho al centro del estacionamiento en la parte posterior de la posada, el pastor Clark y sus feligreses empezaron el día al alba con una retahíla de oraciones que fueron desde la alabanza sencilla por los momentos vividos y aquellos gloriosos por venir hasta la conjuración de un Dios guerrero que los acompañaría en cada uno de los pasos que los llevarían al cumplimiento de la misión otorgada. Se tomaban de las manos uno a continuación del otro, entonaban himnos de batalla, lloraban, hablaban en lenguas, danzaban y aplaudían. Rogaban al Padre, al Hijo y al Espíritu Santo. Golosos de amor escudriñaban las señales del Cielo, las huellas divinas en los caminos trazados. Celebraban con miradas llenas de paz una bandada de palomas cruzando en las alturas.

Desde un balcón a lo lejos Pryce y los suyos los miraban con la alegría de quien logra hipnotizar a un conjunto de personajes necesarios para llevar a cabo el robo del siglo. Una operación que podría haber sido muy costosa y de implementación tan ardua como engorrosa, se tornaba, gracias al pastor, a Hanna y a todos los otros participantes en esa obra teatral montada por el senador y sus inversionistas, en un evento casi mundano.

Al finalizar los largos minutos de adoración al Santísimo en las Alturas, los dos grupos se reunieron en el hotel para desayunar y ultimar los detalles. Dados los resultados que cada grupo esperaba, a pesar de ser básicamente opuestos, esa conversación mañanera se cargó con unas vibras bastante festivas. Todos parecían estar de acuerdo con cada una de las cosas que el congresista iba proponiendo; aunque la verdad es que de los nervios nadie quería contradecirlo y perder la oportunidad (de negocios para unos, de hacer el bien para otros).

Hacia la media mañana llegaron los seis vehículos que los llevarían al centro de detención. Uniformados destacados a escoltarlos bajaron de camionetas blindadas del estado, venían armados con fusiles de asalto y traían a la mano todo tipo de salvoconductos para entrar y salir de los lugares más secretos.

Pryce se presentó ante el teniente a cargo y luego de realizar una breve introducción de la comitiva le pidió que les designará el vehículo en el que quería que cada uno viajara.

A los pocos minutos atravesaban la ciudad con dirección a la franja de desierto en donde se encontraban detenidos los menores. Pryce ya tenía previsto que solamente utilizaría a la iglesia de su esposa para ese centro en particular; una vez que todo saliese bien en esa operación, buscaría la ayuda del pastor para encontrar otras parroquias que pudieran servirle de pantalla al movilizar a los menores que se encontraban en otras instalaciones. Nadie sospecha a los representantes de Dios, eso era lo que simplificaba tanto aquella situación.

Al llegar al centro todo fue de maravillas. Los funcionarios hacían venias a los distinguidos visitantes, se deshacían en alabanzas, no cuestionaban sus intenciones para nada. Les hicieron pasar a una salita que los guardias usaban para descansar y les sirvieron café, sin azúcar porque justo se había acabado, y unas galletas pasadas que alguien les regaló la semana anterior. El director se sintió ofuscado por no tener más que ofrecer a sus dignas visitas, pero es que en verdad estas cosas siempre eran de último momento, como quien cae a pasar revista a los soldados, nunca les daban aviso previo y, ya pues, así no tenía manera de estar preparado todo el tiempo.

Pryce miraba a sus inversionistas y los veía ansiosos por finiquitar lo que vinieron a hacer y largarse de ahí lo más pronto posible. Entendía a la perfección. No los haría esperar o exponerse más de lo necesario.

Emma se sintió sumamente confundida cuando llegó a su casa unas horas antes de lo concertado con su marido y se encontró con un niño que no conocía, desnudo en el piso del baño destruido; y su marido arrodillado al lado de ese muchacho que además parecía estar desmayado o algo así. Al parecer Rob no se dio cuenta de su presencia hasta que ya tuvo a Mángel sentado sobre el retrete y arropado con una toalla. No fue hasta que el chico levantó la vista al ver a la mujer en la puerta que el agente volteó.

—¡Emma! ¿Qué… qué haces aquí? —preguntó Rob colocando otra toalla encima del chico como si de alguna manera pudiese hacerlo desaparecer debajo de ese suave montículo de felpa de color añil.

Emma se acercó hasta la taza y con deliberada lentitud bajó parte de la toalla hasta descubrir el rostro de Mángel. El chico tiritaba mientras la exploraba con la mirada e intentaba pelarle los dientes en una sonrisa tan chueca que daba ternura verlo. Rob permaneció arrodillado, sin decir nada, esperando el veredicto de su esposa. Él podía ser todo lo importante que quisiera allá afuera, en su trabajo como agente de la patrulla fronteriza, pero en casa su mujer era la que mandaba.

—¿Quién es este niño? —preguntó.

Rob subió la mirada para contestar y se encontró con el vientre hinchado de Emma sobresaliendo sobre su cabeza al punto de no dejarle ver el rostro de su esposa.

—Es… bueno, su nombre es Miguel Ángel… pero le dicen Mángel —le habló a la pelota que se movía a la altura de sus ojos.

—Mángel —repitió el chico sonriendo—. Yo —dijo y apuntó su pulgar hacia sí mismo.

—Mángel… ¿Qué hace Miguel Ángel, al que le dicen Mángel, en mi casa? —repitió Emma. Bien sabía Rob que las tácticas para dilatar el proceso la impacientaban aún más. Y sin embargo siempre las utilizaba. Y ella empezaba a perder la paciencia y el control cuando él hacía eso—. ¿Y por qué está la puerta del baño en medio del piso?

Rob miró a Mángel y no supo qué hacer o qué contestar. Ni siquiera se podía mover de la posición en donde estaba todavía hablándole a la preñez de Emma.

—Es un chico que… pues… que no sé… que… me lo encontré en la calle y lo vi tan desvalido y tan desamparado… que… que… lo traje para ver cómo lo ayudaba… Y primero le dije para que tomara un baño porque estaba muy pero muy sucio… como si fueran muchos días que no se hubiera lavado… Y lo dejé y parece que él le echó llave a la puerta; porque cuando vine a ver cómo estaba todo, él no respondía y yo pensé que le pasó algo… así que tiré la puerta y en verdad que sí… que se desmayó o algo en la tina y se estaba ahogando… así, dormidito… —dio su explicación y de pronto se puso a llorar desesperado.

Emma lo tomó de los brazos y como pudo lo levantó del suelo para ofrecerle un largo abrazo. Era su manera de aprobar su generosidad con el pequeño desconocido. Rob la ciñó con cuidado con sus brazos fuertes al tiempo que daba un suspiro largo y agradecido. Todavía no sabía por qué, pero desde la primera vez que su mirada se cruzó con la de Mángel sintió que era su obligación cuidar a ese niño y mantenerlo seguro a como diera lugar.

Emma se movió para mirar mejor al muchacho. Se sentó al borde de la tina y extendió su mano para acariciar maternalmente el rostro del chico. Al igual que Rob, un lazo instantáneo se formó entre los dos. Conversaban con la vista como si se conocieran de siempre y ella no podía dejar de sentir intensa ternura por Mángel.

—Confío en ti —le dijo a Rob y luego se fue a su habitación.

Rob le hizo un gesto a Mángel para que se colocase la toalla a la cintura y le ayudase a levantar la puerta del cuarto de baño para colocarla en el pasadizo hasta que tuviera el tiempo de pasar por la ferretería a comprar nuevas bisagras para arreglarla.

Estaban en esas cuando Emma regresó con ropa suya que pensó que el niño podría usar hasta que le comprasen algo apropiado para él.

—Para ti —le dijo entregándole la muda. Mángel le aceptó las prendas con una sonrisa. No le importaba que fuesen de mujer, lo que le llenaba el corazón era que tal vez esa pareja le podría ayudar a rescatar a sus amigos, eso es lo que le había prometido a Kisaura y en eso tenía que poner toda su atención y la de Rob y Emma—. Puedes cambiarte en nuestro cuarto. Ahí —le señaló.

Mángel hizo un gesto de agradecimiento y se apresuró a entrar a la habitación para vestirse. Estaba seguro de que todo saldría bien. Podía ver en sus ojos que Rob y Emma eran buenas personas.

Al terminar de ponerse la ropa que le dieron, se miró en el espejo y lo que vio ahí le causó tanta gracia que sin pensarlo dejó salir una carcajada. Emma y Rob corrieron a mirar qué pasaba y al encontrarlo riendo sin parar se contagiaron sin entender de qué reían.

Al cabo de unos minutos por fin se calmaron. Emma tomó a Mángel de la mano y, con cuidado de no asustarlo con movimientos bruscos, lo llevó a la cocina para ofrecerle un desayuno opíparo con huevos, tocino, picadillo de papas fritas, chorizo, panqueques, fruta fresca y miel de maple.

El chico no lo podía creer cuando vio toda esa comida en la mesa. Se quedó de pie, mirando detenidamente ese tesoro de platos llenos hasta el tope con delicias. No sabía qué decir. Se sintió tan emocionado que se echó a llorar y de puro agradecimiento se arrodilló y con las manos hacia el cielo oró.

Cuando Rob marcó tarjeta en el trabajo ese día Lucas se apresuró a darle el encuentro para ponerlo al tanto de lo que estaba sucediendo en el centro de detención. Acababan de llegar los participantes de la comitiva especial del comité de protección de los menores indocumentados, en representación del Congreso de la República, la cual estaba constituida por una serie de personajes de los cuales nadie en esa institución había siquiera oído mencionar hasta ese momento.

Lucas apuró a su jefe para que se cambiara al uniforme de rigor y lo acompañase a la sala de descanso en donde habían citado a todos los compañeros para un anuncio importante.

Rob miró al director cuando ingresaron al salón atiborrado con los colegas y los visitantes. Trató de hacer contacto visual con su jefe, pero éste mantenía la vista en el suelo. Lo que sí notó fue que su rostro se podía distinguir colorado aún desde la puerta.

—No parece buenas noticias —Rob le susurró a Lucas mientras buscaban algún lugar donde cuadrarse allá dentro—. El director se ve fastidiado, ¿no te parece?

—Simón —contestó Lucas parándose donde vio sitio como para los dos. Hacía calor y todos trataban de abanicarse con lo que tuviesen, aunque fuese con las manos sudadas que en verdad no hacían viento—. Estos cabrones de la capital son unos pinches pendejos que neta cuando se aparecen todo lo desentornillan de su sitio y así lo dejan tirado cuando se van, ¡los muy putos!

—Tal vez es algo bueno... más recursos, mejores sueldos... —contestó Rob con un tono de fingido optimismo.

Los dos rieron celebrando el cinismo de Rob. Bien sabían que en ese lugar todo era sálvense quien pueda. Aunque en su caso también trataban de salvar a los jóvenes inmigrantes de la abusiva crueldad de muchos de sus compañeros.

No. Ese comité venía a hacer algo que no les gustaría. Lo podían presentir.

Al rato el director paseó la vista por la habitación y los empleados empezaron a callar y mostrarse serios. Era mejor si la reunión terminaba rápido. Era un horno allá dentro.

—Los he reunido aquí porque tenemos un cambio significativo para este centro. Los señores vienen de la capital para traer noticias importantes. En breve, han venido para darnos las siguientes veinticuatro horas para preparar la salida de todos los menores de este centro.

—¿Y eso? ¿Por qué? ¿Les dan la entrada al país? —preguntó Rob ilusionado por la idea de que todos esos jóvenes serían por fin libres de alcanzar sus sueños.

—No lo sé. Los van a trasladar por vía aérea —contestó el director.

—Por la privacidad y seguridad de los menores no podemos estar ofreciendo detalles acerca de lo que el Gobierno ha decidido —contestó Pryce—. Pero tengan la tranquilidad de que estamos ejecutando un plan que beneficiará con toda seguridad a estos menores y los librará a ustedes de la carga de tener que hacer de niñeras de miles y miles de chicos y chicas que vienen de otros países sin el permiso respectivo para estar aquí. Una vez que trasladamos a los primeros grupos, estos centros solamente los procesarán, pero no tendrán que hacerse cargo de ellos, no por largos períodos como sucede hoy. Este comité se encargará de ahora en delante de trasladarlos a lugares en donde están mejor preparados.

—Los señores del comité realizarán una inspección para presentarse con los menores y explicarles el plan —siguió el director—. Por favor, que salgan al patio de recreo —pidió con un ruego en la mirada. No quería que esas personas que representaban al Gobierno vieran que a los menores los retenían amontonados en jaulas como si fueran animales.

Un poco después, los pequeños detenidos ahí se formaban en un terral en la parte de atrás del edificio que los albergaba. Vestían los mismos andrajos sucios y rotosos que llevaban puestos cuando fueron capturados. Los más chiquitos tenían pañales sucios, tan cagados y pilados que el peso de la inmundicia y el dolor de las llagas los obligaba a caminar despacio y con las piernas abiertas, como vaqueros en miniatura luego de una larga cabalgata.

Mientras los miembros de la iglesia los recibían cantando gloriosos himnos de alabanza, Pryce y sus socios se relamían al ver frente a sí mismos el "producto" al que muy pronto tendrían acceso para distribución y hasta para su propio consumo. Había de todo en ese primer grupo, más que suficiente para satisfacer a su estrambótica clientela al tiempo que entregaban una parte de la "mercancía" a los que en realidad los adoptarían sin requerir de sus "servicios" en retribución.

Para los chiquillos el hecho de estar afuera disfrutando del aire fresco y los rayos del sol era suficiente como para mantenerlos tranquilos por el momento. Y sin embargo la intranquilidad se hizo presente apenas les explicaron lo que sucedería a continuación. Para bien o para mal, ya sabían cómo eran las cosas en el centro de detención. Quién sabe si los cambios serían favorables y qué precio les tocaría pagar esta vez.

Al llegar a casa Rob se encontró con Emma y Mángel tratando de hacerse entender en sus diferentes idiomas. Le hizo gracia por un momento, pero luego percibió en lo más íntimo de sus entrañas una sensación profunda de ternura. Lo que veía frente a él era un cuadro que le producía un amor tan intenso como diferente a cualquier otra emoción sentida hasta entonces. Y es que en ese momento dibujaba a su mujer en una maravillosa escena en donde ella encarnaba la imagen perfecta de madre entregada. Tal vez era una reacción causada por la inmensa promesa del bebé que se gestaba en ella o quizá porque sentía que al cerrar la puerta cada tarde podía dejar atrás lo cruel e inhumano del mundo en donde trabajaba y centrarse por unas horas en el planeta vibrante, efusivo, entusiasta, cariñoso, positivo y lleno de posibilidades que su esposa le ofrecía sin pedirle nada a cambio.

Emma era su sol y su luna, sus mareas altas y sus mareas bajas, su playa y su montaña, sus preguntas y sus respuestas, su todo, su centro de gravedad dentro del caos huracanado del que saltaba cada día para salvarse, para renovarse, para exculparse de cada pecado cometido en el centro de detención.

Y ahora Mángel le ofrecía la posibilidad de redención total, de expiación de sus imperfecciones antes de la llegada de ese bebé para quien él quería alcanzar un nivel de pureza que nunca en su vida había tenido.

Los miró con atención al detalle, gozando cada instante hasta que ellos se dieron cuenta de su presencia.

—*Hello*... —dijo Emma levantándose para acercarse a saludarlo con un beso.

—*Hello* —la imitó Mángel.

—*Hello?* —preguntó Rob sorprendido por el muchacho.

—Oh… No sé más que unas pocas palabras —dijo Mángel apocado al darse cuenta de que el agente se había entusiasmado por gusto.

—Ya veo —contestó Rob dejando su arma en la caja fuerte—. Pensé que tal vez Emma te enseñó algo mientras yo estaba en el trabajo —dijo regresando al español con pesado acento de extranjero para poder entenderse con el chico.

Mángel movió la cabeza en negación y luego se lo quedó mirando solícito. Si bien entendía que Emma era puro corazón también podía intuir que Rob era el que mandaba ahí y ese uniforme que llevaba puesto le infundía un poco de temor.

Emma se lo llevó para la cocina y una vez que se vio sola con su marido empezó a hacerle las preguntas que se le habían agolpado en su mente mientras él estaba cumpliendo con su turno en el trabajo.

—¿Por fin me vas a revelar quién es este chico? —le preguntó en susurros. Rob podía ver en su rostro que estaba nerviosa.

—La verdad que no lo sé —le contestó—. Pero sospecho que entró al país de ilegal.

—¿¿¿Qué???? —chilló frustrada.

—No sé, pero justo lo encontré cuando la camioneta que traía a un grupo que trató de entrar por el puerto salía del centro. Coincidencia tal vez, aunque algo me dice que de alguna manera logró escabullirse. No sería la primera vez que sucede algo así.

—Y, entonces, ¿qué vamos a hacer? ¡Si alguien se entera… nos vamos a meter en problemas, Rob! ¡Ahora, que todo estaba yendo tan bien!

—Primero tenemos que confirmar mi suposición y luego… Bueno, no sé si hay un luego porque hoy llegó un comité del Gobierno al centro y nos dijeron que se llevan a los niños.

—¿Cómo? ¿A dónde? Sabía que no estaba bien mantener a esas criaturas encarceladas como criminales… y encima en esas condiciones terribles, pero… ¿qué van a hacer con ellos?

—Tengo un mal presentimiento… Me parece que algo no está bien.

—Sí. A mí también me da esa sensación. No he visto nada en las noticias…

—Es que eso es lo raro. Si se tratase de algo bueno, hubiesen hecho un anuncio, se hubieran llenado de gloria… pero todo ha sido más bien como en secreto. Ni siquiera nos han dicho por qué se los llevan o qué va a pasar con ellos. No entiendo.

Mientras conversaban, Mángel se acercó hasta donde estaban y escondido detrás de una pared medianera, mirando por una ranura en la persiana de madera de la ventana de servir, trató de entender de qué hablaban.

Emma fue la primera en darse cuenta de que el muchacho no estaba sentado donde lo habían dejado y haciéndole un gesto de complicidad a su marido salió de la cocina para buscarlo.

Por el rabillo del ojo lo vio aplastado contra la pared que daba de la sala a la cocina, pero se hizo la tonta y simulando extrema alegría lo llamó por su nombre.

—¡Miguel Ángel! ¡Miguel ÁÁÁnnnngeeeel! —canturreó pasándose de largo el área donde el chico se cobijaba bajo la oscuridad.

—¡Mángel! —le hizo eco Rob saliendo de la cocina para unirse a la pantomima—. No hay Miguel Ángel… Creo que se fue —siguió el agente, dándose la vuelta hasta ponerse casi frente al lugar desde donde el jovencito seguía atento los esfuerzos de la pareja por encontrarlo.

Fue tan realista la escena que armaron que Mángel se empezó a acordar de cuando era chico y jugaba con su mamá y con sus hermanos a las escondidas. *Qué bonitos esos tiempos cuando uno es cipote y no ve el peligro porque los grandes siempre están ahí para salvarlo a uno*, pensó con punzante nostalgia.

Mientras estaban con los chicos en el terral detrás del centro de detención, D'Andre aprovechó para llamar a Shelley, su hermana adoptiva, y darle la hermosa sorpresa que le prometió meses atrás al envolverla en el programa de adopción.

—Shelley: no vas a creer lo que te voy a decir, pero es posible que en muy poco tiempo puedas ser mamá, ¡como siempre has querido, Shelley…! —le anunció sin ofrecer detalles.

—¿De qué hablas pedazo de zamacuco? —se burló como siempre hacía con él cuando el tema de la conversación la rebasaba.

—¡Ay, mi Shelley! No te terminas de confiar nunca, ¿no? —le dijo mientras con su teléfono móvil capturaba fotografías de los menores que le llamaban la atención. Necesitaban empezar a catalogarlos por niveles de "calidad" pero al mismo tiempo buscaba sus favoritos, algunos especiales para su uso y uno para llevarle a Shelley. Quería escoger de entre los mejores antes de que Pryce o alguien de la parroquia le ganase por puesta de mano—. No te puedo decir cómo o por qué… pero digamos que estoy por encontrarte un hijo, o hija, para adoptar.

—¡No te creo! ¡No me mientas! —gritó Shelley emocionada.

—Nunca te mentiría —contestó él—. Lo único malo es que no es un bebé sino una criatura con un poco de millaje…

—No me importa —dijo Shelley.

—Y un poco marrón… —siguió él tratando de asegurarse de que a su hermana le gustaría el regalo.

—Le querré igual. ¡Te quiero a ti y eres negro! —bromeó.

—¡Ay, qué buena gente eres para blanquita desabrida! —se burló a la par que ella—. Me tengo que ir pero te mando fotos pronto, así puedes escoger de entre varios que voy a seleccionar especialmente para ti…

—¿Varios? No entiendo…

—No te preocupes. Déjamelo a mí. ¡Te pondrás bien contenta cuando veas las fotos! —dijo y colgó.

—¿Qué crees que estás haciendo? —preguntó Pryce en un susurro apenas notó que su socio estuvo conversando con alguien fuera del grupo de los que ahí se encontraban—. Esto es una transacción cerrada. Nadie más puede saber lo que estamos planeando hacer.

D'Andre lo miró de arriba abajo despectivo, su pecho y sus manos encrespadas por la insolencia del congresista. Quiso refundirlo en el suelo de un solo puñetazo, tenía la fuerza suficiente para cogerlo desde abajo, subirlo por los aires y reventarlo en el terral. Pero si había algo que aprendió desde que dejó atrás a sus diversas familias temporales para convertirse en un exitoso empresario con una creciente fortuna era que no podía dejarse llevar por las emociones del momento. Así fuera por Shelley, la persona que más amaba en el planeta. Controlarse era la única arma a su disposición que le permitía salir airoso de cualquier negociación. Destempló los afinados músculos, inhaló el aire terroso y caliente, y exhaló limpiando sus caldeados pulmones encima de Pryce. Luego le explicó:

—Estoy eligiendo uno para que mi hermana adopte.

Pryce lo escrudiñó. Su tendencia a desconfiar lo había salvado muchas veces de caer en medio de zonas tormentosas o de dejarse arrasar por impredecibles tornados.

Se dejó convencer. Ya D'Andre le había comentado acerca de su hermana adoptiva y sus problemas para formar una familia.

—Está bien. Pero no le des detalles —insistió el senador.

—¿Y tú quién te crees que soy? —contestó D'Andre desdeñoso—. O eres muy necio o no me has investigado bien. Tengo tanto o más que perder como tú, así que déjate de huevadas y de controlarme… que si hay alguien a quien fiscalizar es a ti, que estás con no menos que tu esposa, su pastor y su congregación. ¡Habrase visto semejante desvergüenza!

—Son parte de mi coartada. Tú sabes eso —murmuró Pryce tratando de mantener la discusión entre él y D'Andre—. Mira: disculpa, estoy muy tenso. Estamos a las puertas de llegar a nuestro objetivo y cualquier detalle fuera de sitio, o alguien que descubra nuestros verdaderos planes, y esto se va a la mierda… y nosotros a la cárcel… así que, olvidemos lo dicho. Puedes llevarte los que quieras para tu uso personal y el de tu hermana. ¿Estamos?

D'Andre hizo un gesto afirmativo, sonrió displicente y continuó tomando fotografías. Al poco rato tenía ya varios que podían ser para Shelley, así como algunos que quería separar para él.

Viendo que no tenía más remedio que participar, Pryce animó a los feligreses a tomar fotografías con los menores, así podían documentar su viaje de misión, al tiempo que podían compartir las imágenes con los miembros de la congregación dispuestos a adoptar.

Concluida la revista, Pryce dejó encargado al director del centro de detención la preparación de los menores para el vuelo y su entrega en la base militar local a las 17:00 horas.

En fila india bajaron a los niños de los vetustos autobuses en los que los transportaron hasta los galpones de la base aérea. El lugar se escondía entre peladas montañas de macizas formaciones rocosas y el tedioso desierto. Antes de entregarlos, los bañaron y vistieron con ropas donadas por los vecinos del pueblo. Se notaba el cambio y los inversionistas se alegraron todavía más al ver la indiscutible mejora de su "producto".

—Tal vez podamos sacarles un poco más de lo pensado —le susurró Pryce a D'Andre y los hombres chocaron sus puños en señal de codiciosa dicha.

Kisaura, Elizabeth y los más grandes en el grupo caminaban adelante y en orden de tamaño los seguían los más chiquitos, incluyendo muchos que apenas acababan de dejar de gatear. Atrás iban los guardias recogiendo cada cierta cantidad de metros a alguno de los pequeñitos que se iban cansando de lo que para ellos de seguro era una larguísima caminata, así como a los que necesitaban asirse de la mano de un grande para poder estabilizar los pasos, como quien usa un bastón pero hacia arriba.

Nadie decía nada. El calor del demonio y la sorpresa de aquel viaje sin boleto los tenía desganados. Era la hora del *sunset*. El sol se desintegraba en la arena fundiendo todo a su paso, dibujando alucinados colores míticos, levantando con crueldad feroces espejismos, creando una sensación maléfica que incineraba la respiración y ahogaba todo pensamiento.

Cuando los subieron al avión y el aire se mejoró al mezclarse con la frialdad mecánica de los ventiladores, Kisaura despertó a una realidad que de pronto la asustó mucho más que lo que le sucedería al otro lado de ese vuelo.

—Nunca he viajado en un avión —murmuró aterrada compartiendo su gran secreto con Elizabeth y Jonash, quienes estaban sentados a su derecha e izquierda.

Sus amigos cayeron en cuenta de que esa era también su situación.

—Yo tampoco —contestó Elizabeth tomándola de la mano.

—Ni yo —dijo Jonash trenzando sus dedos con los de Kisaura.

Entonces los motores tronaron con furia despertando las aletargadas turbinas de camino hacia la única pista en ese recóndito aeropuerto militar. Como si se hubiesen puesto de acuerdo, los pequeños se echaron a llorar asustados con el sonido que invisible les atravesaba el cuerpo sin piedad.

El rugido constante en la gigantesca cabina de la aeronave de carga se convirtió en parte de la escenografía, llevando a muchos a calmarse con el ronroneo de la vibración que los envolvía. Después de haber estado muchas horas en alerta, los menores bajaron las defensas y se dejaron llevar por las inmutables olas de potentes zumbidos metálicos hacia la puerta de ese delicioso abismo del dejarse ir que es el dormir.

En el mundo de los sueños Kisaura deshilachó sus miedos en los brazos de su adorado Mángel. No le pidió cuentas porque, aunque nunca lo conversaron, ella sabía que él huyó con la intención de regresar a salvarla, de salvarlos a todos. Mientras desgranaba un elote le compartía lo sucedido desde que partió, le dejaba saber que estaba bien en ese momento pero que el futuro se presentaba demasiado incierto, más aún cuando el dolor que recorría despiadado por sus tripas le dejaba saber que algo malo se acercaba. Juntos trituraban los granos de maíz, usando piedras del campo para machacarlos con pujanza haciéndoles escupir de puro gusto su comida, hasta lograr una masa para luego hacer suculentas tortitas de maíz tierno y pasar a freírlas en una cacerola renegrida por la felicidad de su uso.

Luego de compartir las tortitas, Miguel Ángel le dijo que lo que iba a enfrentar sería muy duro pero que siempre recuerde que aunque tardase mil años él la encontraría.

Mángel salió de su escondite con una gran sonrisa y un gran «¡Bum!». Emma y Rob se acercaron riendo y celebrando al muchacho. Necesitaban que les dijera qué es lo que estaba sucediendo, de quién estaba escapando, cómo podían ayudarlo... y para ello no podían hacer ningún movimiento que lo asustase.

Emma fue la primera en tratar de interactuar con él. La maternidad la había vuelto incluso más cálida de lo que normalmente era. Todas esas hormonas iban creando en ella la persona protectora que un día cercano sería para su bebé.

—¿Qué pasa? ¿Por qué huyes? —soltó al aire mientras se acuclillaba. Luego puso su mano sobre el corazón del chico.

Como si hubiese entendido sus palabras, Mángel la miró y al ver la tristeza en los ojos del pequeño Emma se conmovió tanto que supo que sin importar lo que él les dijera, ella lo resguardaría de todos esos peligros que no tenía duda existían al salir de su casa.

Por desgracia, en ese pueblo casi todos eran una amenaza para los chicos como Mángel, peor todavía los compañeros de su esposo en la patrulla fronteriza y el centro de detención. Se pondrían en riesgo, lo intuía, pero no podía dejar que algo le sucediese a ese jovencito que llegó al país con tanta ilusión.

Rob los llamó a sentarse juntos en el comedor. Podía notar que Emma quería hacer algo por el chico, ayudarlo de alguna manera, esconderlo tal vez. Fuese lo que fuese, sabía que le iba a costar en el trabajo pero algo dentro de él le decía que el precio de no ayudar a Mángel sería mucho mayor.

—¿Qué te pasó? —preguntó Rob yendo de frente al meollo. Él estaba casi seguro de la respuesta, nada más faltaba ratificar.

Mángel lo miró dudoso, sus labios se movían como si quisiera hablar, pero las palabras no querían salir.

—¿Eres del sur? —interrogó Rob cambiando su estrategia. Tal vez de a cucharitas le lograría sacar el cuadro completo.

Mángel movió la cabeza en gesto positivo. Emma le pasó la mano con ternura por el cabello.

—¿Te escapaste?

Mángel no supo qué responder.

—¿Te escapaste del centro de detención? —corrigió Rob.

—¿Cárcel? —preguntó el muchacho.

—Ummm… sí —confirmó Rob.

—Sí —contestó Mángel.

—¿Y ahora? —quiso saber Emma.

—Mis amigos —dijo e hizo un gesto de solidaridad sobre su pecho—. Mis amigos están allí… ¡Tengo que rescatarlos!

Emma y Rob intercambiaron miradas de angustiante consternación.

—Ya no están —dijo Rob por fin—. Se los llevaron a otro sitio.

—¿Qué? ¡No! ¿A dónde? —dijo Mángel. Tenía la esperanza de que Rob fuera algún tipo de superhéroe que lo ayudaría a liberar a sus amigos.

—No lo sé… —dijo Rob y sintió que le estaba fallando a todos los que allí estaban y también a los que no estaban—. Los pusieron en un avión y se los llevaron. No nos dijeron nada. No nos explicaron. Llegó un congresista con un grupo de gente y vaciaron el centro de detención.

—¿Así como si nada? —Emma le preguntó. Se veía molesta, casi ofendida. Por el bien de su bebé se mantuvo al margen de todas las cosas malas que escuchó sucedían en el centro. No quería agitarse con algo que no tenía remedio. Pero ahora todas esas emociones refundidas en algún lugar de su espíritu empezaban a reflotarse en forma de dardos venenosos. Si alguien se creía con derecho a hacerle daño a esos pobres chicos, su criatura nunca estaría inmune de correr riesgo a futuro. Necesitaba expiar su desidia pasada a través de lo que arriesgaría por salvar a Mángel y a sus amigos.

—No dar explicaciones es parte de la estrategia. Mientras menos sepan lo que está pasando, menos posibilidades de que alguien los enfrente —contestó Rob sintiéndose completamente idiota frente a la mujer que adoraba.

—¿Puedes averiguar a dónde se los llevaron? —preguntó Emma como si se tratase de la cosa más simple en este mundo. Rob era su héroe, él encontraría la información, de eso estaba segura.

Rob recibió el salvavidas que le tiraba Emma como una perfecta oportunidad para redimirse.

—Es difícil, pero por ahí tengo mis contactos —contestó levantándose de la silla. Erguido se le veía muy guapo. Al menos así lo veía Emma, más aún cuando estaba por ponerse su capa de superhéroe y salvar a todos esos niños de un destino que a ella le parecía potencialmente terrible.

—Tengo un nudo en el estómago, pero estoy segura de que tú lo vas a desatar apenas des con ellos —contestó Emma levantándose para abrazarlo luego de poner la panza para un costado.

—¿Me ayudas? —preguntó Mángel al verlos acaramelados. Él recordaba que cuando sus padres tenían un problema, primero se ponían molestos o tristes, pero luego hablaban y cuando todo estaba bien, se abrazaban fuerte y a veces hasta se besaban delante de sus hijos.

Rob y Emma tendieron sus brazos hacia el muchacho y cuando él se levantó lo apretujaron entre los dos, dejándole así saber que podía contar con ellos.

Amanecía de nuevo cuando el dolor en los oídos por el cambio de presión en la cabina los despertó. Aullidos de dolor y miradas de desconcierto se encontraron a miles de metros de altura mientras el extravagante sonido de las llantas del tren de aterrizaje bajando anunciaba una experiencia de terror para los menores: el planeo de descenso de la aparatosa aeronave en una pista muy poco conocida en el centro del país.

Como pudieron, los chicos se aglomeraron para mirar por las pequeñas ventanillas. Las densas nubes blancas ofrecían un maravilloso espectáculo, pero ningún detalle acerca de lo que encontrarían allá abajo.

—Igual es algo bueno lo que nos espera —comentó Jonash—. Tal vez que nos podemos quedar.

—¡Simón! —respondió Kisaura esperanzada tratando de descartar de su mente lo que Mángel le acababa de decir en sueños.

—Ay, ustedes sí que me hacen reír, cipotes cerotes... No hay bien que por mal no venga. ¿Acaso no lo saben? El pobre nunca gana. Huele muy mal todo esto... —recriminó Elizabeth con su cinismo habitual.

—Pues... sí... —aceptó con desgano Kisaura mientras buscaba que los rojizos rayos del alba en las alturas le dieran en pleno corazón para lograr traer a la superficie los chocantes deseos que tenía de ser más valiente y no rendirse ante nada y lograr quedarse en ese país… pero con Mángel… y una vez que todos estuviesen en algún lugar seguro.

Eran tantas las cosas que la chica quería, pero se daba cuenta que su primer obstáculo eran las personas como Elizabeth que, aunque más sabidas que ella, le daba la impresión de que siempre estaban intentando bajarla de la nube. ¡Demasiado realistas para su gusto! Ella prefería imaginarse las cosas de la mejor manera posible y luego pasar a lo que no se podía hacer o lo que constituía un reto.

Ya estaban allá arriba, llegando a quién sabe dónde. ¿Encima tenía que imaginarse lo peor? ¿Y qué era lo peor según Elizabeth? Para ella hubiese sido que la deportasen de regreso a su país. Así que, si no era eso, entonces tal vez era algo mejor de lo que su amiga esperaba.

Enredo de pensamientos en las mentes de cada pequeño mientras unos oprimían las manos contra las orejas, otros se persignaban, y todos lloraban de dolor, de miedo, de angustia contagiosa.

Los soplos embravecidos de destructiva ansiedad se duplicaron, se triplicaron, se tornaron en alas batientes de polillas engrosadas que creciendo desesperadas empezaban a reventar las fibras intricadas de esos jóvenes músculos coronarios enfrentándose a las contradicciones de un mundo que en su traicionera ofensiva los desgarraba sin descanso hasta convertirlos en tiritas.

Se abrazaron cuando sintieron que la aeronave se detuvo y la puerta se abría. Su única defensa era tratar de permanecer unidos. Ya sabían que el llanto no conmovía para nada a sus captores.

Un grupo de uniformados ingresaron a la cabina. Lacónicos, armados con rifles demasiado poderosos para la circunstancia, sin ninguna obvia compasión en sus rostros típicamente norteños, avanzaron hasta donde se encontraban los menores entrelazados en una bola compacta y a la fuerza empezaron a separarlos hasta colocarlos en fila india para hacerlos bajar.

Las súplicas de sus voces en un idioma que no entendían, o que preferían no entender, no los conmovieron. Las miradas agonizantes, de terror a lo que vendría después, no los perturbaron. Y es que los chicos no sabían que ellos eran niños marrones y que para la mayoría de norteños los niños marrones no valen nada… y menos si vienen del sur.

Avanzaron por un galpón similar al que conocieron antes. La diferencia era que en ese corría un chiflón de viento helado y hacía frío. Mientras caminaban les entregaron abrigos. ¿Tal vez esa era una buena señal? Luego les indicaron que se suban a unos autobuses.

—¿Estaremos de regreso en el mismo lugar? —susurró Kisaura tratando de ubicarse.

—¿Y el frío, campeona? ¿Neta que cambió la estación en el tiempo que estuvimos allá arriba? —se burló Elizabeth—. Vos estás descachimbada, pues…

—Igual esta mierda no es la gran vara —murmuró Jonash y un soldado le dio un culatazo con el rifle en la espalda.

Al ver aquello el miedo los atravesó como un puñal inmovilizante. Su libertad se vio amenazada. Sus sueños de vivir tranquilos en ese país se convirtieron en quimeras inalcanzables. Reconocieron que su futuro estaría dictado por seres que no los veían como humanos. Los sentimientos negativos los abrazaron dejándoles un gélido sudor en todo el cuerpo. No tenían salida.

Los chicos continuaron subiendo a los buses. En silencio se fueron sentando, dóciles, domados. Solamente sus miradas reflejaban el terror de saberse desprotegidos en esa tierra tan añorada que ahora los maltrataba por tener el descaro de acercarse a sus puertas, de pedir la oportunidad para vivir a plenitud.

El ómnibus arrancó. El viento helado se colaba por todas partes obligándolos a juntar sus cuerpos para calentarse siquiera un poco. En sus mentes repasaban los posibles escenarios. Nunca imaginaron el porvenir que les esperaba al final de la carretera.

Los buses enfilaron hacia el norte, a unas pocas millas les esperaba un nuevo centro de bienvenida. Así se lo dijeron a los chicos: «Vamos a llevarlos al centro de bienvenida». Hermosas palabras utilizadas a manera de triste embuste, de inexacta exageración, de efectiva mentira. Era la única manera de mantener quietos a los muchachos marrones mientras los transportaban a un destino que todos entendían no sería la cálida acogida que esas palabras les querían vender.

Más que ser un "centro de bienvenida" la nave industrial era un inmenso espacio sin alma desde donde los niños eran distribuidos hacia turbios locales, tutores de baja calaña, apoderados con beneficios y unas pocas legítimas familias sin motivos ulteriores, pero a las que también les cobrarían una interesante cantidad. Los encargados movían el "producto" hacia destinos en todo el país. Ganaban bien porque juraban completo silencio. Hacer preguntas, indagar acerca de la situación humana de los chicos, implicaría perder el trabajo, tal vez la vida. Lo sabían porque de vez en cuando algún colega mostraba emoción y al poco tiempo no se volvía a saber de él.

Al llegar, un mutismo tétrico los embargó. Bajaron de su transporte para encontrarse rodeados de filas de filas de filas de filas de chicos y chicas de todas las edades que como ellos parecían venir también del sur con la ilusión de una vida mejor para de pronto encontrarse en jaulas, en manos de seres que nos los veían como iguales, de carceleros a quienes les daba lo mismo lo que sucedería con ellos una vez entregados a las siguientes manos.

Trataron de formarse aglutinados. Si se estaban como un paquete compacto, a lo mejor terminaban en el mismo lugar. De inmediato un hombre uniformado de pies a cabeza en color azul oscuro empezó a pegarles con una vara de aluminio para separarlos. Kisaura trató de intervenir colocándose delante de los más chicos mientras gritaba que los dejase en paz, pero igual entre varios la golpearon tan fuerte con la cachiporra de metal que cayó al suelo mientras la sangre le bajaba por todo el cuerpo.

Separaron a los que tenían "fallitas". Esos serían adoptados a través de las iglesias de manera legítima. Se los llevaron para ser transportados de inmediato.

A los mejores los pusieron por fin en su sitio: filas perfectas, de más chicos a más grandes, frente a unas graderías en donde un público muy bien vestido, pero completamente enmascarado para disfrazar su verdadera identidad, aguardaba con sobreexcitación el momento en que iniciase la subasta. Como los esclavos llegados de África siglos atrás, los chicos estaban a la venta, se irían a casa con el mejor postor. Claro, a los africanos los secuestraron mientras que los del sur solitos habían llegado hasta la trampa creada por su propia necesidad.

A Kisaura se la llevaron un rato al lavabo y la regresaron sin sangre y con un nuevo atuendo. Ya ella se había dado cuenta de lo que estaba sucediendo y temblando oraba por cada uno de sus amigos. Cuando al grupo le tocó subir a la tarima de exhibición no estaba segura de qué pedirle a ese Dios misericordioso que de pronto parecía haberlos abandonado del todo.

El subastador hablaba emocionado, sus dedos flaquísimos manoseando el micrófono mientras iba presentando de manera individual a cada uno de los chicos y chicas en el grupo. Ellos no podían entender qué era lo que decía exactamente, pero por la manera en que los exhibía y el tono jubiloso de su voz lograban deducir que hablaba de cada uno de ellos en términos atractivos para los que estaban por invertir mucho dinero para llevarse a casa a uno o varios de ellos. Después de mucho pujar, la mitad de ellos, la mayoría de los más chicos, fueron entregados a diferentes personas, mientras que todos los grandes pasaron a la posesión de D'Andre. Él los tenía escogidos desde antes y los podría haber separado al comienzo, pero le fascinaba el valor simbólico de ganar la subasta. Era una manera de demostrar su poderío a pesar de que estar presente en ese evento no era la mejor idea.

Los llevaron hacia la puerta de salida de la nave industrial. Ahí los esperaba D'Andre. Apenas lo vieron, los chicos supieron que detrás de esa sonrisa algo impuro se fraguaba. Se detuvieron congelados. Él se acercó. No tenían para dónde irse, los guardias los cercaban por la retaguardia. Paseó sus inmensas manos por sus rostros, por sus cuerpos, le daba gusto sentirlos tiritar de miedo. Sonreía como saludándolos cada vez que pasaba de una al otro. «*Hello, my child*», les decía. «Hola, mi niño. Hola, mi niña», repetía con su acento extraño mientras caminaba sus inmensos dedos por sus cabellos. Los chicos lo miraban aterrados y luego bajaban la mirada. Eran su posesión, de eso estaban seguros.

Aterrizaron una vez más en algún otro lugar, en alguna otra pista, en algún otro pueblo. Lo único que sabían casi de seguro era que cada vez se encontraban más lejos de los suyos y más adentro de la boca del lobo. El norte no resultó para nada como se imaginaron.

Esta vez era solamente ellos. Apenas bajaron del avión de carga los pasaron a un camión de mediano tamaño que esperaba cerca de la pista. Ya ellos entendían que no tenía sentido tratar de pelearla en ese momento. Tal vez cuando llegasen a su destino final, tal vez cuando averiguasen en dónde estaban, tal vez cuando decidieran un plan de escape. O tal vez nunca. Les tocaba esperar, meditar, fraguar, actuar cuando se pudiera.

D'Andre los esperaba cuando llegaron a su mansión. Las culebritas del terror serpentearon en mil direcciones dentro de ellos, atenazándoles del susto que todavía estaba por venir. El hombre los saludó y de inmediato ordenó a su personal que se encargasen de llevarlos a sus habitaciones, en donde deberían bañarse y cambiarse antes de bajar a comer.

En las alcobas los chicos disfrutaron por un momento el espacio, cada una más grande que las casas en donde vivieron su infancia y primera juventud en la absoluta pobreza. Claro, el gozo terminó rápido pues de inmediato se vieron rodeados de sirvientes que sin decir palabra alguna iniciaron la tarea de limpieza y hermoseamiento.

Mientras que Elizabeth mantenía su estoicismo de "chica de la calle" y se dejaba hacer sin soltar un improperio o alguna frase lastimera que le trajera la careta abajo; en el cuarto de al lado, Kisaura sufría con cada pieza de ropa que iban quitándole. Cada vez que la pobre muchacha intentaba colocarse algo para taparse, alguna de las sirvientas se lo retiraba sin pronunciar palabra alguna.

Lo más difícil fueron las maniobras acuáticas. En una tina que tenía el tamaño de una piscina chica, los sirvientes, desnudos, acuciosamente rasqueteaban con intenso vigor a los nuevos jóvenes esclavos. Como si fueran objetos a los que tenían que sacarles lustre, los fregaron, enjabonaron, frotaron, asearon y cepillaron, metiéndolos y sacándolos del agua tantas veces como fuese necesario para dejarlos brillantes de limpios.

Ropa lujosa y accesorios de primera los esperaban encima de las colosales camas de madera oscura, de asfixiante estilo barroco, recargadas de edredones y almohadones de pluma. Al irse vistiendo Kisaura se percató de unas lucecitas rojas que titilaban desde diversas partes del cuarto. *¿Serán cámaras? ¿Nos estarán grabando?*, se preguntó consternada. Al salir de la habitación, Elizabeth le contestó a la pregunta haciendo un gesto hacia arriba. Todos estaban monitoreados todo el tiempo. Y entonces la muchacha se dio cuenta de algo peor: Ya alguien la había visto desnuda.

Los sirvientes acompañaron a los muchachos hasta un salón en donde les esperaban mesas de mesas con aperitivos, sándwiches, postres y bebidas. Casi sin esperar la invitación para servirse, los chicos se abalanzaron sobre la comida y con las manos empezaron a llevarse grandes porciones a la boca, tragando apresurados y pasando los bocados casi sin masticar. Tanta era su hambre que atiborrarse con aquel festín se convirtió en su único objetivo. Fue algo maravilloso, bonanza de sabores que veloces discurrieron uno tras otro casi sin degustar.

Y cuando estuvieron llenos de bote a bote, D'Andre reapareció.

Una vez que vaciaron el centro de detención, la mayoría de oficiales como Rob y Lucas regresaron a patrullar la frontera, el trabajo para el cual fueron entrenados y que definitivamente preferían al de enjaular niños. La diferencia es que esta vez Rob estaba demasiado distraído y Lucas podía ver que la mente de su jefe se encontraba en algún otro lado y no en ese árido desierto que les tocaba vigilar.

—¡Güey! —llamó desde lejos Lucas a Rob cuando una tarde calurosa lo vio apoyado contra el capó del todoterreno completamente ensimismado en sus pensamientos. No llevaba ni sombrero ni gafas de sol. Ni siquiera se había dado cuenta de que los rayos estaban pegando tan fuerte que el rebote del acero del vehículo a sus ojos podía malograrle la vista.

Lucas continuó acercándose y llamándolo cada vez más molesto. Mientras caminaba se hundía en la arena, lo cual lo ponía de peor humor ya que podía sentir el hervor atacándolo desde el aire y desde el suelo.

—¿Qué pasó? ¿Por qué no me contestas? —dijo exacerbado por la caminata y la falta de respuesta de su compañero—. ¡Ponte los lentes oscuros, güey, o se te van a quemar los ojitos lindos!

Rob lo miró, pero no le contestó, si no que siguió mirando al horizonte.

—*Fuck you, man!* —le dijo Lucas y dándole la espalda miró a través de sus binoculares. Deseaba ver algo a la distancia, había sido un día sumamente caliente y aburrido al extremo; un poco de actividad, de cacería de malos, les vendría bien para limpiar de sus mentes todo lo que se decía acerca de los pequeños que se llevaron días atrás.

—¿Quieras que te diga lo que estoy pensando? —contestó de pronto Rob.

Lucas se bajó los binoculares y le hizo un gesto de indiferencia.

—Estás pensando en Emma y en el escuincle… —dijo Lucas.

—¿Qué escuincle? —preguntó Rob asustado.

—¡Se nota que tiempos que no estás al sol! ¿Cómo que qué escuincle? ¡El tuyo, pues! ¡El que va a tener Emma! ¡No manches!

Rob sonrió aliviado por las palabras de Lucas. ¡Estaba hablando de Emma, pero su conciencia sucia le hizo pensar que se refería Mángel! Su secreto todavía estaba bien guardadito.

—Sí, creo que ya *enough sun for today*, suficiente sol… vamos —dijo recogiendo su equipo y avanzando con rapidez hasta la puerta para de un salto sentarse frente al volante—. ¿Vamos? —le repitió a Lucas—. ¿Cervezas?

Su subordinado lo siguió y sacándose el sombrero se acomodó en el puesto de pasajero. Para Lucas Moreno la idea de unas heladitas era siempre atractiva, pero más últimamente. Después de todo, parecía que la temperatura exagerada de los días anteriores se estaba encargando de malograr los planes de cruzar la frontera de los narcos y traficantes, ya que no habían tenido ningún tipo de movimiento en lo que iba de varios turnos seguidos de vigilancia.

—Pero es que eres malo, *man*, ya sabes que nunca digo no a unas frías en el camino. Igual no te escapas de decirme qué diablos te pasa… estás lento como tortuga en desierto pero saltón como iguana en arena hirviente —dijo Lucas mientras colocaba sus binoculares a un costado.

—Todo bien. Estoy extenuado por el calor, eso es todo.

—Ah, bueno. Mira que recién vas a ser padre por primera vez y estás cansado por el calor… Esa se la puedes vender a otro, pero no a mí que te conozco tanto o mejor que la Emma misma. ¡Ni que fueras un vejete! ¿O es que trabajar en el centro de detención, tan bonito y tranquilito, te volvió un señorito? ¡Tú te estás guardando un secreto de esos gordos!

Rob lo miró de costado mientras manejaba. Sabía que en algún momento le tendría que decir lo que ocultaba porque tarde o temprano necesitaría a su compañero. Lucas le estaba abriendo la puerta para confesar y, a pesar de los años de amistad, igual dudaba si se quedaría a su lado cuando tuviese que escoger entre la valentía onerosa del bien y la comodidad relajada del mal ante la injusticia de la que los dos eran testigos y, hasta cierto punto, participantes. Decidió que necesitaba tener un plan concreto con prioridad a cualquier revelación. Cuando hiciera eso, ya no existiría ni marcha atrás ni ruta de escape.

D'Andre venía acompañado de un grupo en su mayoría de hombres seguidos de unas pocas mujeres. Vestían largas túnicas de brillante seda de color verde oscuro, adornados de diamantinas joyas y burlescos maquillajes, coronados por pelucas de blancos cabellos a lo Luis XVI y María Antonieta de Francia.

Las sombras de las figuras se alargaban debido a la indumentaria y las velas que llevaban entre las manos mientras avanzaban sonrientes hacia el grupo de menores que cada vez se hacía más compacto en tanto los pequeños se abrazaban y protegían entre ellos de lo que de seguro eran unos monstruos acercándose.

Pronto los fueron desprendiendo del débil entrelazado que entre ellos formaban con todas sus fuerzas, las cuales eran nada en comparación de esa manada que se les vino encima. Iban escogiendo al que les gustaba para esa ceremonia de inauguración para el grupo dejando caer cera hirviente sobre la palma de la mano derecha de cada uno de los escogidos y luego removiéndolos de la masa protectora para llevarlos a diferentes lugares de la mansión.

Por ser el dueño de casa, D'Andre escogió un lote. Primero se acercó a Kisaura y luego de acariciarle la herida, tomó su mano y obligándole a abrirla dejó caer un chorro de cera en el centro y luego la jaló de la muñeca hasta aventarla a su lado. Aunque trató de controlarse, la chica no pudo evitar soltar un gemido de pavor. A continuación posó sus ojos en Elizabeth y al encontrarle rebeldía en la mirada sonrió, le abrió la palma y la marcó con cera. Luego ella misma se abrió el paso para correr hacia Kisaura y abrazarla. Como complemento seleccionó a uno de los más chiquitos. Cuando estuvo listo, los comandó a tomarse de las manos y juntos caminaron hasta llegar a una habitación a la cual se ingresaba desde la alacena de la cocina. Mientras avanzaban pudieron escuchar tristes sollozos provenientes de todos los rincones de la casa. Creían que tenían una idea bastante clara de lo que les esperaba una vez que estuvieran a solas con ese hombre. La verdad que ni en las pesadillas más oscuras se les hubiese ocurrido la manera tan cruel en que su inocencia terminaría.

Apenas Rob entró a la casa supo que algo malo había sucedido. Desde la puerta pudo observar que la mesa del desayuno seguía igual a como la dejó en la mañana y los platos sucios continuaban apilados en el lavadero. Colocó su llavero sobre la mesita de la entrada pero en lugar de guardar su arma, la desenfundó y caminó despacio hacia las habitaciones. Primero la suya y luego la de Mángel. Las camas estaban sin hacer, la ropa sucia tirada sobre la alfombra, los baños tenían toallas encima del lavadero. Emma nunca dejaba la casa en ese estado. Definitivamente algo había sucedido. Pero cuando abrió la puerta del garaje encontró el carro de su mujer estacionado en su sitio de siempre. Lo tocó. Estaba frío al tacto.

Recién entonces se percató de la llamada perdida en su móvil. Tenía un mensaje de Emma. Iba a escucharlo cuando algo le llamó la atención. Podía ver un bulto desconocido en la esquina derecha de la cochera. Se acercó. Al extender la mano encontró el cabello de Mángel. El niño estaba ovillado, como escondido, y así se había quedado dormido.

—¿Mángel? —lo llamó despacio mientras lo sacudía de los hombros—. Despierta. ¿Qué pasó?

El chico despertó asustado, sus ojos grandes mirando a Rob en la oscuridad mientras con las manos trataba de defenderse del supuesto enemigo.

—¡Soy yo! —gritó el oficial—. Soy yo, Mángel, soy yo —le repitió varias veces, abrazándolo mientras trataba de levantarlo.

Apenas salieron a la luz, Rob pudo ver las manos del muchacho manchadas de sangre y a él temblándole el cuerpo entero. Se acordó entonces que no sabía qué fue de Emma.

—¿Dónde está Emma, Mángel? —preguntó agachándose y tomándole con fuerza de las manos para cerciorarse de que aquello era sangre.

El niño levantó la vista.

—Bebé —susurró e hizo un movimiento con las manos, como quien carga un recién nacido.

Rob lo miró incrédulo.

—¿El bebé nació? —preguntó.

—Yo lo saqué —contestó Mángel cambiando el estado de ansiedad por uno de orgullo.

—¿Dónde están?

—Emma me dijo que llame a la ambulancia y me esconda —contestó Mángel—. Luego vinieron unos hombres en uniforme y se las llevaron.

—¡Espera! ¿Mi bebé es una niña? —se dio cuenta Rob.

—Sí —contestó Mángel alegre de ver al hombre tan emocionado.

—Tengo que averiguar dónde están e ir a verlas —dijo Rob y en el momento en que dio la vuelta para recoger unas cosas que le harían falta a su esposa se encontró cara a cara con Lucas que acababa de entrar a devolverle algo que dejó en la camioneta.

—¿Quién es este niño y por qué sus manos están ensangrentadas? —preguntó el oficial colocando su mano sobre la cartuchera de la pistola y lentamente abriéndola.

—No tienes que sacar tu arma. Toda está bien —dijo Rob colocando su mano sobre la de su subordinado para alejarla de la pistola—. Él es Mángel y parece que mientras nosotros nos tomábamos unas heladitas, este niño ayudó a Emma a dar a luz. ¡Ya soy papá! ¡Me tengo que ir al hospital!

Los hombres se abrazaron felices con la noticia. Aunque Lucas todavía quería sacarle toda la información a su amigo.

—No me has contestado: ¿Quién es Mángel y qué hace aquí?

—Ah, sí… ¿Qué tal si primero vemos a Emma y luego todo lo que quieras…? El chico es un héroe después de todo…

—Este escuincle no es de aquí… ¿no?

—¿Cómo crees?

—¿Se escapó del centro? ¿Se metió sin que lo viéramos? ¿Cómo terminó en tu casa? Mejor me dices la verdad que igual te la saco, pinche güey… ¡Nunca te perdonaré que no me hayas dicho desde el comienzo! ¡¡¡Creí que éramos como uña y mugre!!!

—En serio, en serio, no estaba seguro de poder confiar en nadie… ahora que lo pones tan dramático veo que he sido un idiota y que si quieres estar embarrado en esta chingada conmigo, te debería dar la bienvenida. Mángel se escapó antes de entrar al centro de detención. De alguna manera me ha dejado saber que sus amigos están en peligro. Y yo no tengo idea cómo hacerle para averiguar qué fue de ellos…

—Algo huele retemal, estoy de acuerdo. Y yo nunca te acusaría. De los dos, tú eres el más recto. Y si tú piensas que algo hay que hacer, pos algo hay que hacer. Puedes contar con mi silencio y mi ayuda. Y pa'que veas cómo soy de rebueno, no me hago mala sangre y voy a averiguar con un contacto a dónde mandaron a los niños. Yo no me creo lo de las adopciones. Una operación así de rápida no es para nada caritativo. ¡Ni que uno fuera pendejo para no darse cuenta! No me tengas miedo, Mángel, yo soy el tío Lucas.

Emma sonrió al verlos llegar, aunque se preocupó cuando detrás de los dos hombres divisó también a Mángel. *¿No que había que tenerlo bien escondido?*, pensó y de inmediato resolvió que ese día el problema del niño sería solamente de Rob.

Las miradas de los tres se dirigieron al bulto enrollado en mantas rosadas en los brazos de Emma. Apenas avistaron una sonrisa en el rostro de la pequeña, Rob y Lucas pasaron de ser duros agentes de la patrulla fronteriza a hombres derretidos por el amor puro transmitido a través de aquella nueva vida. Mángel, por su parte, buscó posicionarse al otro lado de la cama, desde donde, parado en un banquito, podía comandar la atención de la bebita, quien de rato en rato lo miraba como si lo conociera de siempre.

—¿Cómo se llama la bebé? —preguntó Mángel mientras buscaba la manera de desenrollar las puntas de la manta interior que apretujaba en un perfecto bulto el cuerpecito de la recién nacida y de esa manera lograr liberar sus brazos. Recordó a su hermanita tan lejos de él y en su mente la volvió a ver recién nacida, ojos negros brillando a la luz del fuego y las velas, sus manitas levantadas apuntando a las estrellas del cielo de los pobres, las cuales brillan diferente, de hecho con mayor fuerza, en esa oscuridad.

Rob y Emma se miraron y sonrieron. Tenían algunos nombres barajados con anterioridad, aunque ninguno parecía estar a la altura del momento. Cada uno quiso decir algo pero las formulaciones mentales no llegaban del todo a puerto, se quedaban entre el paladar y los dientes.

En la habitación se hizo una extensa pausa preñada de expectativas. Hasta la bebé miraba con seriedad a los mayores y a ese niño al que le iba tomando mucho interés. A pesar de la insoportable marejada de esquizofrénicas voces y ruidos del hospital que parecían provenir hasta de las paredes y los encerados pisos de linóleo, todos parecían escuchar únicamente a la radio de su mente, que felizmente en ese momento únicamente amplificaba la estación dedicada a mostrar y descartar nombres femeninos. Pasaron los clásicos del momento en inglés. Charlotte, Arya, Olivia y Amelia. Surgieron los nombres originales. Birdie, Poe, Zen. Llegaron los nombres extranjeros. Ainhoa, Mattea, Yara. Y de pronto Emma detuvo su mirada en Mángel y tomándolo de la mano le dijo:

—*My Angel*, tú eres mi ángel, Mángel… tú me ayudaste a dar a luz…

—Ángel, *angel* —repitió Mángel apuntando hacia sí mismo mientras sonreía sin tener muy en claro el por qué.

—¿Angelina? ¿Angelique? ¿Angelita? —dijo Rob pronunciando cada nombre sin que se quedaran pegados en el aire.

—Algo falta, mano —dijo Lucas moviendo la cabeza mirando al suelo de diseño moderno y luego al techo de paneles blancos que mostraban el inicio de variados problemas de humedad en sus manchas verdi-amarillentas.

—Ángel, es un ángel —repitió contento el niño, apuntando hacia la bebé.

—Sí, es un ángel, como tú… es un *angel* —contestó Emma y apenas terminó de decir esas palabras la respuesta llegó a sus labios—: Ángeles. Su nombre es Ángeles.

—Muchos ángeles —dijo Mángel alegre con la decisión mientras por fin terminaba de desatar el nudo de la manta y tomaba de la mano a la bebé que con un salto celebró su nuevo nombre mientras oprimía con fuerza los dedos del niño.

—Muchos como tú —contestó Emma tomando de la mano a su marido—. Será una niña maravillosa, ya lo verás —le dijo a Rob.

—Es un hermoso nombre. Muy apropiado para el momento. Siempre recordaremos este día con agradecimiento a todos los ángeles que vinieron a ayudarnos, pero sobre todo al niño que llegó a nuestra casa en el momento perfecto y con la experiencia precisa —dijo Rob—. Es increíble que supiera el trabajo de partera.

—¡Ni creas! Con tantos escuincles a su alrededor, la mayoría de niños que viven en esos lugares saben de todo un poco… No son niños fresas, que no saben nada y esperan que todo lo resuelva alguien más. ¡No! Estos chamacos desde chiquitos aprenden de todo un poco. Vaya a ser que luego este se vuelve doctor. ¡Órale!

—Es como mi hermanita, nada más que bien chele —dijo Mángel—. ¡Mírame, Ángeles! ¡Aquí estoy, Ángeles! —Jugueteó pasando la punta de sus dedos por los de ella hasta que se los agarrase con fuerza y de alguna manera lograse que lo mirase.

—Chale, son como hermanitos —dijo Lucas y luego apartó a Rob y le susurró—: He estado texteando con mi compadre y nos tiene información. Estabas en lo cierto al pensar que algo malo ha pasado. No me quiere dar detalles en el teléfono, pero podemos ir a verlo en un rato.

—En un rato vienen a llevarse a la niña y me toca descansar un poco —intervino Emma.

—Por gusto tanto secreto, Lucas. Emma tiene unos sentidos muy pero muy afinados —bromeó Rob—. Y encima no se le pasa nada.

—Vas a ser una excelente mamá —declaró Lucas.

—Mi mamá no está… Mi hermanita no está… —se entristeció Mángel al recordar su situación.

Los tres mayores intercambiaron miradas. En silencio se pusieron de acuerdo.

—Yo soy tu mamá, por ahora —dijo Emma alargando su mano hasta tomar la de Mángel—. Ángeles es tu hermanita… No te preocupes, mi niño, mi ángel… *my angel*…

—¿Y Kisaura? ¿Y mis amigos? —soltó de pronto el niño al tiempo que en su corazón recibía con intensa alegría las palabras reconfortantes de Emma.

—Ya, chale, ya. Ahora vemos eso… Al chamaco este no se le escapa ni una… —añadió Lucas.

Kisaura lloraba en una esquina. Procuraba desfogarse sin hacer ningún tipo de barullo. La piel la tenía enrojecida de la rabia, la vergüenza, la frustración. A su lado Elizabeth la consolaba mientras trataba de mantenerla lo más calmada posible dentro de las circunstancias.

A pesar de no haber sido su primera vez, la sangre corría por los muslos de Elizabeth, formando delgados riachuelos que ensanchaban a la altura de la rodilla para desembocar en lagunales que a su vez iban goteando hacia el lustroso piso. Con la mirada perdida y sin siquiera mirar hacia abajo, la niña empezó a dibujar con sus dedos grotescas figuras utilizando su propia sangre.

De lejos parecían dos muñecas descartadas por sus dueños al final de las horas de juego. La belleza de sus peinados destruida y el oropel de sus vestiduras ahora devastado por las rasgaduras, la sangre y la mugre. Los invitados iban y venían sin percatarse de ellas, de su sufrimiento, de la tragedia causada en ese mismo lugar. Las marroncitas eran objetos para usar y desechar. Y una vez que la actividad planeada terminaba y la satisfacción ocupaba el sitio que antes tuvo la lujuria, la exaltación pasaba y el juguete se relegaba hasta la próxima.

Eso sí, algunos, entre ellos D'Andre, disfrutaban de una segunda ola de perversión al observar a través de cámaras los resultados de su crueldad. Existía para este grupo un nivel diferente de placer provocado por la deshumanización y el sufrimiento de sus víctimas. Se requiere ser un verdadero villano de película para disfrutar de la tortura psicológica, emocional y física de un pequeño. Las personas que ahí se amontonaban para masturbarse y cogerse entre ellas mientras miraban una conjugación de pantallas que mostraban violaciones en tiempo pasado y sus terribles consecuencias en tiempo presente eran así de malvadas.

Todo sucedió tan rápido durante el proceso de adopción de los niños que nadie tuvo tiempo para sentarse a pensar y, menos, para ponerse a averiguar. De alguna manera satisfactoria la situación en la frontera parecía haberse arreglado milagrosamente. El Gobierno estaba contento. Los padres adoptivos estaban contentos. Nadie quería hacer preguntas. Era mejor ser agradecidos y no tratar de abrir cajones en donde alguien podría encontrar información explosiva. ¿Qué bien le podía hacer a los pequeños perder a esas familias que les abrieron sus puertas cuando ellos no tenían nada?

Permanecer totalmente ignorante es, en ciertas situaciones, la mejor alternativa.

Una mano no sabía lo que la otra hacía. Y mientras así quedase la figura todo marcharía como Pryce Collins lo proyectó.

Pero ningún plan es perfecto y cuando se juega con líquidos inflamables, la posibilidad de crear un incendio es alta.

Así fue para el senador. El momento coincidió con la posibilidad de vender un lote fresco de niños inmigrantes que avanzaban de manera masiva hacia la frontera y estarían pronto llenando nuevamente por completo los centros de detención.

Una tarde cualquiera, uno de los niños entregados en adopción en la iglesia de su esposa colapsó mientras jugaba con sus amigos en el patio durante el recreo escolar.

Al llevarlo al hospital sus nuevos padres cayeron en la cuenta de que nunca se les ocurrió pedir ningún tipo de documentos de tipo médico-familiar. No tenían idea siquiera de qué país era su adorado Caleb.

Apenas su esposa, Hannah, llegó a casa con la preocupación de lo que acaba de ocurrir y la misión del pastor Clark de empezar a buscar récords para los niños adoptados, Pryce Collins empezó a sentir que las paredes se le cerraban. Contaba con la ingenuidad y el deseo de realizar trabajos de caridad de esa iglesia y de tantas otras en el país para mantener la fachada necesaria para proteger y expandir su red de comercialización de los pequeños inmigrantes. La adopción era buen negocio, pero la venta para uso sexual era fenomenal, las ganancias extraordinarias, y los compradores buscaban permanecer anónimos. A excepción de los colocados en familias, ni siquiera él tenía idea de a dónde fueron a parar la gran mayoría de niños y niñas. Tampoco es que quisiera saber… *"El que no sabe, no puede cantar"* era su lema preferido.

Pryce no tuvo mucho tiempo de preparar una estrategia. Sabía que tendría que enfrentar a su mujer en unos pocos minutos, pero igual, en cuanto Hannah le planteó lo sucedido se disculpó aduciendo que necesitaba ir al baño antes de conversar; y sin dejarle tiempo para contestarle, subió las escaleras con rapidez y cerró la puerta de su habitación con pestillo.

Ignorando la reacción de su esposo, Hannah se fue a lo suyo, terminó de cocinar la comida de esa noche, una cazuela de tallarines con pollo y queso gratinados, y se dedicó a poner la mesa mientras esperaba a su marido.

A las siete en punto bajó Pryce. Estaba pálido y sudoroso. Era un tipo muy bueno para mentir, pero su talón de Aquiles era su mujer. Sentía que Hannah siempre podía ver más allá de sus palabras, mucho más allá, como si tuviese una puerta de acceso a su mente, a su corazón, incluso hasta su alma misma. Él sabía que ella en muy pocas ocasiones usaba esa entrada especial; también estaba seguro de que a veces veía quién era él en realidad, pero decidía no decir nada y más bien rezar para que Dios lo ayudase; y, sin embargo, ahora que se trataba de la vida de otros, tenía claro que ella usaría todas las herramientas a su disposición para asegurarse de que esos pequeños adoptados estuvieran a salvo.

Hannah sonrió al verlo acercarse a ella; pero al notar que transpiraba y su respiración parecía forzada redirigió su tribulación hacia Pryce, pidiéndole que se sentase y ofreciéndole un vaso con agua.

Mientras bebía, Pryce seguía calculando en su mente diferentes maneras de enfocar el problema en mano sin tener que revelar la verdad acerca de los niños: que los robaron.

—El pastor Clark está muy preocupado por Caleb y por todos los pequeños que fueron adoptados. No sé si fue un error o qué, pero en la dicha de poder ayudar a esos chicos abandonados a su suerte por padres que no los deben querer ya que los mandan a hacer este viaje horrible en donde les puede pasar de todo, nos olvidamos de pedir sus documentos. Las familias como la de Caleb no tienen ninguna información, no saben nada de nada…

Y entonces Pryce encontró una posible salida al problema en las palabras de Hannah.

—¿Te refieres a la historia médica? —preguntó Pryce a modo de confirmación.

Hannah movió la cabeza en afirmación.

—Es posible que se trate de una equivocación burocrática, como dices tú… —dijo el senador tanteando el terreno. Si Hannah le creía, el resto también lo haría—. Estoy seguro de que los papeles están a la orden y disponibles… el problema fue que se olvidaron de ponerlos en sus manos.

—Es que no es Caleb nada más. Resulta que todos los que adoptaron a través de nuestra iglesia están en la misma situación. ¿No te dije eso antes? —preguntó Hannah mientras se servía otro plato—. Y si es así con nuestra parroquia, entonces me imagino que es un problema generalizado a todas las familias que adoptaron en diferentes lugares del país. Porque fue en todo el país, ¿no? Lo raro es que ustedes no le hicieron publicidad a algo tan generoso que hicieron, tan bueno…

—¿Entonces ya hablaron con todas las familias que adoptaron en la parroquia? —dijo preocupado Pryce, reconociendo en ese momento que su brillante idea de comprar a algún doctor para crear un archivo con los documentos necesarios para Caleb empezaba a complicarse.

—Por ahora eso es lo avanzado. Aunque ya el pastor está poniéndose en contacto con las otras iglesias que participaron. Pronto les tocaremos a la puerta del Congreso de manera oficial —dijo Hannah.

La vida de Shelley se transformó desde el momento en que D'Andre le trajo su hija adoptiva. La llamó Sage debido a la sabiduría que vio en su mirada a pesar de su corta edad y porque a ella misma le encantaba quemar varillas de salvia para purificar la casa. Era menuda la niña, de extremidades delgadas marcadas por todo tipo de cicatrices, sus pómulos y grandes ojos del redondo de las canicas y de un color verde gatuno sobresalían en su rostro encuadrado por un cabello que no se quería decidir entre liso y rizado. Sonreía con timidez, como si estuviese buscando el permiso para hacerlo; y se movía lenta, siempre mirando a Shelley primero. No le decía "mamá" sino que insistía en la palabra *nantli*. Su nueva madre no tenía idea de si eso era español o qué, pero le hacía gracia que Sage fuese terca cuando se trataba de educarla. Le gustaba su carácter reticente y desconfiado; y es que se daba cuenta de la imposición que era para su hija la adaptación a una nueva cultura. Cuando la veía patalear o frustrarse, se acordaba de lo difícil que fue para ella cambiar de casa de acogida cuando era chica. Estaba segura de que con el tiempo se entenderían. Primero tenía que ganarse su confianza e irla introduciendo al inglés y a las costumbres del país y de su casa.

Para entretenerse e irle mostrando la ciudad donde vivían, Shelley llevaba a Sage a todas partes. A veces en el carro la escuchaba murmurar para sí misma en palabras que no entendía. A veces la pequeña volteaba y le susurraba algo en ese lenguaje que no le sonaba a español y luego regresaba a esa especie de monologo tristón que cortaba cuando llegaban a algún sitio. Shelley podía sentir en su corazón que la niña trataba de decirle algo importante, y quería entenderla cada vez que hablaba, pero se tranquilizaba al darse cuenta de que apenas Sage aprendiera inglés podrían comunicarse y ya no existirían barreras entre ellas.

De vez en cuando D'Andre venía a visitarlas. Y en otras ocasiones le ofrecía llevarse a Sage de paseo, de modo que Shelley tuviera un tiempo aparte para descansar y planificar todo lo que tenía que hacer ahora que era responsable por otra vida. Eso sí, le llamaba la atención que cuando Sage salía con su hermano adoptivo regresaba más cansada que nunca, aunque nunca les preguntaba qué había pasado ya que se contestaba la interrogante pensando que la pasaban tan bien y haciendo tantas cosas que de seguro se quedaba dormida en el carro en el viaje de regreso a la casa.

Una mañana fueron al salón de belleza. Para Shelley esta era una rutina que le gustaba mucho pues se encontraba con sus amigas y por lo general luego pasaban a un café para continuar conversando. Era un plan relajado. Por su parte a Sage le gustaba mirar a las estilistas haciendo su trabajo y a veces hasta imitaba la pronunciación de las palabras en inglés que a ella le sonaban chistosas.

Estaban en ese plan cuando una de las estilistas captó una de las palabras que Sage decía.

—La niña no es de aquí, ¿no? —preguntó la mujer.

—No. En verdad no sé de dónde es, pero no nació aquí, si a eso te refieres —contestó Shelley.

—Es que está preguntando por su mamá.

—¿Cómo sabes? No la he escuchado.

—Eso que dice, *nantli*, lo reconozco porque así le decía mi abuelita a mi bisabuela.

—¿Sabes más palabras? ¿Sabes este idioma? —preguntó Shelley entusiasmada.

—Yo no. Pero tengo un amigo aquí cerca que sí sabe. Le puedo pedir que se pase, si quiere.

—Sí, claro, por supuesto. Me encantaría saber qué está diciendo y que alguien que sepa su idioma le enseñe a hablar el nuestro… ¿crees que podría pedirle a tu amigo que sea su tutor? —respondió Shelley colocando su mano de manera maternal sobre el hombro de Sage.

—Déjeme que lo llamo y ya cuando venga usted misma le puede preguntar —contestó la estilista mientras marcaba el número de su amigo.

✳✳✳

Al poco rato Amado José se presentó en la peluquería. Luego de saludar a su amiga caminó con paso firme hasta donde se encontraban Shelley y Sage. La niña sonrió apenas lo vio venir. Era como si en su piel, sus facciones y su andar lo reconociese como uno de los suyos. Y cuando él la saludó, fijando su mirada en la de ella mientras pronunciaba palabras de bienvenida en el idioma en común, Sage supo que después de todo ese tiempo de desolación en un mundo desconocido tendría por fin la oportunidad de contar con alguien que escuchase lo que a ella le apremiaba decir para ser rescatada.

La timidez de la niña pareció desaparecer frente a Amado José. Escuchar sus palabras la envolvían en un abrazo espiritual tierno y entrañable como la tierra que había quedado atrás junto con todos sus seres queridos.

A pesar de intuir que Shelley era una buena persona y una madre que quería lo mejor para su hija, Amado José sintió desde el momento en que vio a la niña que una nube de tristeza emanaba de su ser, que algo maligno la retenía en ese espacio, en ese lugar que no era donde le tocaba estar.

Pronto pudo establecer que la niña fue adoptada de una manera inusual. Hasta ese punto Shelley le informó acerca de cómo su vida y la de Sage vinieron a cruzarse. Pero lo que la niña le dijo a renglón seguido lo empalideció de inmediato:

—Dice que la robaron y luego de días viajando, se la dieron a usted —explicó Amado José.

—¿Robado?

—Raptado. La han raptado. Eso es lo que dice.

—Eso no es posible. Eran niños migrantes que nadie quería y muchos hemos adoptado, entre ellos yo. Debe estar confundida la niña o usted no está entendiendo lo que le dice… Quién sabe si están hablando el mismo idioma o si usted conoce el idioma tan bien como su amiga dijo —contestó Shelly levantándose en protesta. En su mente se repetía que su hermano nunca se metería en algo así… *Y, además, ¿para qué? No tiene sentido*, se dijo.

Sage entendió que tenía que soltar todo de una buena vez con ese hombre. Era su última oportunidad de ganar su libertad. Shelley le indicó con la vista que se despidiera y tomándola de la mano la apresuró a ponerse de pie para salir de ese lugar y de aquella aterradora conversación. Entonces se lo dijo usando las pocas palabras que tenía a mano para describir el horror de lo sucedido.

Apenas escuchó lo que la niña dijo Amado José tomó a Sage de la mano interponiéndose entre ella y Shelley. De inmediato volteó y le demandó a su amiga:

—Cierra la puerta y llama a la policía —luego continuó mientras poco a poco desunía la mano de Shelley de la de Sage—: Su nombre es Izel. Tiene un papá y una mamá y varios hermanitos que la adoran y deben estar buscándola en este momento, muriéndose de miedo de que algo malo le haya pasado a su hija mayor, que debía haber llamado a sus tíos hace semanas, apenas cruzara la frontera. La niña fue robada de un centro de detención y se la mandaron a usted.

—Eso es absurdo —contestó Shelley—. Yo la adopté. Ella no tenía a nadie —insistió.

—También me ha dicho que hay un hombre cercano a usted que cuando la saca de paseo la abusa sexualmente. Creo que se llama Andrés... o Andre...

—¿D'Andre? Pero es que no puedo creer en esas acusaciones... Mi hermano es un héroe, es un hombre con dinero y recursos que realiza obras de caridad... ¡él rescató a Sage!

—No es lo que Izel está diciendo, señora, ella dice que ese señor la robó y luego, casi frente a sus narices, la violó más de una vez.

A pesar de que Mángel tenía, aunque sea por el momento, un hogar con Rob, Emma y la pequeña Ángeles, el niño continuaba insistiendo en buscar a sus amigos. De alguna manera podía presentir que no tuvieron tanta suerte como él.

Al día siguiente del nacimiento de la bebé, Rob y Lucas se citaron con el famoso compadre para escuchar lo que tenía para decirles. Por tratarse de alguien en una posición alta dentro de la patrulla fronteriza sabían que la información los llevaría a un lugar más cercano en la búsqueda de los niños.

—Ustedes no tienen ni la más puta idea de a dónde se quieren meter —dijo el amigo de Lucas—. Esto es un puñetero panal de abejas y ni sé si podrán encontrar lo que desean sin que primero los maten de tanta picadura.

—Se aprecia, hermano, pero no seas tan dramático —dijo Lucas tratando de ignorar que las palabras venían de alguien que conocía bien el colmenar.

—Estás advertido —contestó el oficial.

—Bueno, sí, ya, me doy por avisado… ya suelta lo que sabes…

Su compadre lo miró con seriedad. Lo que estaba por revelar era un secreto de esos grandes y le podía costar más que su puesto el divulgarlo, pero en su conciencia pesaban las abruptas salidas de todos esos niños de los centros de detención sin gran explicación al comando encargado.

—No sabemos por qué se los han llevado o a dónde, pero algo que deben saber ustedes, algo bueno, es que les pusimos microchips con localizadores geográficos.

—¿A los niños migrantes? —preguntó Rob.

—¡No, hombre, a todos los agentes en la patrulla! —se burló el amigo de Lucas—. El hecho es que existe una manera de localizarlos. A no ser que la señal haya sido interrumpida, en cuyo caso no tengo cómo ayudarlos. Aunque estoy casi seguro de que esa no es la situación. El programa en los centros de detención estaba a cargo de un grupo que no es el mismo que se encargó de movilizar a los chicos… y no se han comunicado con nosotros para nada.

—Algo malo ha pasado… —interrumpió Lucas—. No me tomaría el riesgo si no lo sintiera en mis huesos. Desde el comienzo muchas cosas estuvieron como raritas, diferentes de como siempre hemos operado. Y ahora esto tan súbito… no mames, güey…

—¿Nos puede dar acceso a ese programa para ubicarlos? —preguntó Rob.

—Es un poco complicado, van a necesitar a un asesor técnico —dijo el oficial e hizo una señal a una mujer sentada en una mesa cercana, la cual se levantó y dando unos pasos se acercó a ellos y saludó con un gesto amigable—. Ella es perfecta para lo que necesitan. Les presento a Ayana. Se ve jovencita, pero es un cerebrito.

Shelley entendió por fin que esa niña a la que llamaba "hija" no era más que un espejismo creado por D'Andre; no para complacer su necesidad de ser madre, sino para encubrir otros crímenes. Si de gratis le dio la felicidad de Sage, de Izel, al parecer le cobraba todos los intereses a la niña al someterla a despreciables actividades sexuales. A la llegada de la policía ese día en el salón de belleza se sumó la amargura de enterarse que la pequeña también había sido forzada a tener relaciones íntimas con otros niños de su edad, una perversidad que su hermano llamaba "entrenamiento", ya que él y otros adultos invitados posaban a los menores como si de marionetas se trataran y se entretenían con las vulgaridades aberrantes que les hacían hacer.

A pesar de su propio trauma al descubrir la inmunda vileza de D'Andre, para Shelley lo importante era creerle a Izel y hacer lo posible para rectificar la situación de la niña y de los otros a los que ella se refería sin parar. Al parecer eran muchísimos, tal vez miles, los pequeños inmigrantes tomados de los centros de detención y entregados quién sabe dónde y para qué propósito. Por lo pronto decidió investigar cómo podría ayudar a los que supuestamente Izel vio en una mansión de la que ella no tenía conocimiento.

Para evitar que D'Andre sospechara de ella, y especialmente para no tener que explicar cuál era la razón por la que Sage no estaba en su casa, Shelley se inventó un viaje con su hija alrededor del Estado, de modo que tuvieran tiempo para que la niña la conociera mejor a ella y al lugar donde los dos crecieron. Le explicó que estarían de regreso en un par de semanas y se mudó a un hotel cercano a la comisaría en donde tenían resguardada a Izel. Tenía un pacto con los policías que vinieron a buscarla: si en catorce días no podía darles la información que necesitaban, ellos pasarían el caso al departamento oficial encargado de los inmigrantes que entraban al país de manera ilegal. La idea era poder protegerla hasta donde se pudiera de que la deportasen o la colocaran nuevamente en un centro de detención; es decir, en lugares de alto riesgo y en donde sin duda estaría en peligro.

A los pocos días de empezar a buscar pistas, concentrándose sobre todo en ubicar esa mansión en donde Izel decía que se encontraban otros pequeños, muchos de ellos del grupo que partió de su pueblo, Shelley vio en un noticiero una entrevista que le llamó la atención: la esposa de un congresista, su pastor, y muchos feligreses que adoptaron a niños que a primera vista parecían ser de las mismas localidades que su Sage, hacían un llamado a todas los ciudadanos que, al igual que ellos, acogieron niños migrantes de los centros de detención de la frontera para que los contactasen y así pudiesen empezar una especie de base de datos y grupo de apoyo.

Apenas finalizó la nota informativa, Shelley levantó el teléfono y llamó al número que aparecía en la pantalla. Al otro lado de la línea, Hanna contestó.

No tomó mucho para que Rob y Lucas comprendieran por qué el oficial con el que conversaron les asignó a Ayana. Parecía una joven cualquiera, mochila estilo militar a la espalda y celular decorado con *stickers* de florecitas en la mano, que no tenía idea de lo que sucedía a su alrededor, pero apenas le dabas unos cuantos parámetros de búsqueda, el sabueso curtido despertaba en ella y bajo sus expertos dedos el teclado se deleitaba en abrir todas las puertas necesarias para encontrar la información que buscaban.

—En efecto, tenemos microchips implantados en cada uno de ellos. Pero veo en el geolocalizador miles de puntos. Eso quiere decir que están desperdigados por todas partes —dijo Ayana apuntando hacia las lucecitas que titilaban en la pantalla a lo ancho y largo de la nación e incluso algunos hacia países del norte y el este.

—¿Algunos en el extranjero también? —dijo Lucas sobándose la frente con frustración—. ¿Cómo diablos sucedió esta distribución tan rápido?

—Deben tener mucho poder esos que vinieron —expresó Rob sabiendo que estaba poniendo en el aire lo que todos entendían, que el poderoso puede hacer lo que se le viene en gana.

—Pero únicamente tenemos los lugares en donde están, por ahora. No veo nombres, fichas de registro, archivos, documentos, o cualquier detalle que explique quién está dónde —indicó Ayana—. Tratar de armar expedientes uno por uno nos tomaría demasiado tiempo, en especial si lo estamos haciendo en secreto y solamente nosotros tres. Tal vez si pudiéramos concentrarnos en un grupo pequeño en específico, o algo así, más chico... entonces sería posible ir obteniendo resultados.

—¿Tienes fotos siquiera? ¿Algo que vaya con la localización? —preguntó Rob.

—Afirmativo —contestó Ayana, mostrándoles cómo cada puntito al tocarlo se convertía en una foto con un número.

—Estoy pensando en que podría traer al único niño que tenemos con nosotros. Tal vez pueda identificar a sus compañeros... —murmuró Rob.

—¿Cómo crees...? —empezó a decir Lucas, pero luego se dio cuenta de que era posible que el chico fuese una caja de información—. Aunque... uy... No mames, güey... en verdad que Mángel es el mero mero que los puede reconocer y ponerles nombre...

—Incluso puede que sepa de dónde son —continuó Rob.

—¿Qué esperan para traerlo? —dijo Ayana—. Mientras tanto, voy a ver si de alguna manera los puedo agrupar también por centro de detención.

—¡Claro! ¡Empieza por el nuestro! —aplaudió Rob entusiasmado por las posibilidades que empezaban a aparecer frente a ellos—. Lucas se queda contigo para ayudarte en lo que necesites. Mientras tanto yo me voy a recoger a Mángel.

⁂

Al rato Ayana saludaba a Mángel. Ya tenía a casi todos los niños del centro de detención en donde estuvieron sus amigos catalogados en un archivo con fotos.

Empezaron a trabajar con gran ahínco pues tenían la esperanza de ubicar a un buen grupo en las próximas horas. A pesar de nunca haber tenido contacto directo con la sofisticada tecnología que Ayana manejaba, Mángel, tremendo de lo avispado que era, pudo en poquísimo tiempo deducir cómo trabajaba la mujer y la manera en que él podría contribuir. Entre los que conocía el chico, de su grupo y los que convivieron con ellos en el largo camino al norte, y los que Lucas y Rob pudieron reconocer y añadir nombre y algunos otros datos, fueron colocando rostros e historias a esos puntitos de luz vacíos de vida hasta ese entonces.

Cuando terminaron de armar los expedientes de los migrantes de su centro de detención, Rob le pidió a Lucas que averiguara con su compadre si sabía de otros agentes que quisieran contribuir con información acerca de los centros de detención en donde trabajaban.

—Dile que tienen que ser de absoluta confianza. Necesitamos la ayuda, pero no podemos arriesgar que alguien se entere de lo que estamos haciendo y nos ponga el pare desde arriba —explicó Rob.

—¡Listo! —contestó Lucas—. Y tú, ¿qué vas a hacer?

—Quiero ubicar unos amigos que trabajan en organizaciones de ayuda a los migrantes viajeros en los países del sur. Se me ocurre que los familiares de estos niños los están buscando, ya que de seguro no tienen idea de si sus hijos llegaron bien a este país o si siquiera están vivos. De ser así, podemos pedir su ayuda de manera discreta a través de estas amistades. ¿Cómo ves?

—¡Chévere! —contestó Lucas—. ¿Cómo no se te ocurrió antes?

—Tú también puedes pensar, no te hagas el menso... semejante que eres... —bromeó Rob—. No, en verdad que no me pasó por la mente hasta que empezamos a hablar del sufrimiento de los que dejaron atrás en sus pueblos... Ahí recién me hizo *pum* y se me prendió el foquito...

—Ay, ya... ¡ya! ¿Qué más da? —interrumpió Ayana fastidiada con el interminable *ping pong* entre los agentes—. Cada uno se va a hacer lo suyo y me dejan aquí con Mángel, que estamos en buen ritmo.

Hanna le dio el encuentro a Shelley. De todas las llamadas recibidas después de que la entrevista acerca de los niños adoptados saliera al aire, esta era la que más intrigada la dejó. La mujer en la línea no buscaba unirse al grupo de nuevas familias, sino que quería compartir información.

Apenas la vio avanzar hacia ella por la vereda del parque donde se citaron Hanna supo que Shelley tenía algo difícil que contarle. No la conocía, pero podía reconocer fácilmente las señales de tensión en otra mujer. La mirada fija, el caminar preciso, el entrecejo rígido en posición de preocupación, una mano ansiosamente tocando la bandolera cruzada sobre su pecho y la otra arreglando de manera obsesiva un mechón de cabello que no terminaba de integrarse al resto del peinado.

Era tanta la ansiedad que emanaba de Shelley que Hanna apuró el paso para recibirla. Y al acercarse notó también que la citada, si bien se puso maquillaje, lo hizo de seguro sin ponerle la atención debida pues su aspecto de cerca era un verdadero desastre. Por la caridad que siempre la motivaba, la esposa del congresista decidió entonces evitar juzgarla y dedicó toda su buena voluntad a hacer que Shelley se sintiese calmada y bien recibida, de manera que pudiese decirle todo lo que necesitaba decir.

—Hola —dijo Hanna con toda soltura. Sintió su cuerpo relajado y dio gracias a Dios en su corazón por haberle enviado la energía necesaria para calmarse—. Podemos sentarnos en una de las bancas o caminar… como quieras —le dijo mientras la abrazaba en saludo fraternal.

Shelley retrocedió al verse en una situación íntima con una completa extraña, haber vivido en casas de acogida le enseñaron a ser muy desconfiada, pero de inmediato se acordó que la mujer frente a ella bien podía ser la única que le ayudaría y casi sin quererlo dejó ir de su coraza.

—Mejor caminar —dijo sintiéndose bien al regresarle el saludo como si de una amiga se tratase—. Necesito quemar un poco de este nerviosismo que traigo encima.

—Por supuesto —contestó Hanna indicando con la mano hacia una vereda que bordeaba un lago rodeado de altos árboles que ofrecían sombra y enverdecían la luz de la zona.

—Perfecto —dijo Shelley—. Así podemos hacer un poco de ejercicio y hablar a solas.

Las dos mujeres empezaron a caminar. El sol calentaba rico. Las ardillas correteaban buscando comida. Una parvada de patos volaba sobre el agua, de vez en cuando aterrizando en ella para pescar. Hanna iba orando para que la conversación fuese productiva mientras que Shelley acomodaba y volvía a acomodar sus pensamientos sin saber por dónde empezar las difíciles declaraciones.

—Bueno, cuéntame, ¿eres una de las mamás adoptivas de uno de los niños inmigrantes? —preguntó por fin Hanna cuando ya la intranquilidad la colmó.

Shelley respiró una bocanada de aire puro y contestó:

—Sí, lo soy. Bueno, mejor dicho: lo era. Ha pasado algo horrible y por eso estoy aquí. Creo que personas de tu iglesia también adoptaron del mismo grupo y…

—Pero… no entiendo… ¿cómo que eras? ¿Y qué es eso horrible que ha pasado? ¿Y qué tiene que ver con las familias que adoptaron de mi iglesia?

—Mi hermano adoptivo… bueno, le digo hermano porque crecimos juntos en una casa de acogida, pero no tenemos relación de sangre… bueno, él se llama D'Andre, es un empresario exitoso, muy caritativo siempre con los huérfanos… él me parece que está metido en algo horrible —dijo y rompió en llanto.

—No te estoy siguiendo la cuerda —dijo Hanna cuando Shelley se compuso después de unos minutos llorando y diciendo palabras sueltas sin mucho sentido para ella.

—Tienes razón. Voy a decir las cosas una por una. Mi hermano tuvo algo que ver con un programa de unos congresistas dedicados a que adopten a los niños y niñas migrantes que el Gobierno tenía en los centros de detención de la frontera y que se supone que fueron abandonados por sus padres, o sea que técnicamente eran huérfanos. Como él sabía que yo estaba loca por ser mamá, me trajo a una niña. Yo le puse Sage, pero acabamos de enterarnos que su verdadero nombre es Izel y que ella y todos los otros pequeños fueron en verdad "robados" y entregados a las familias sin el consentimiento de sus padres.

—¿Tú piensas que lo que le pasó a tu hija le pasó al resto? —interpuso Hanna mientras trataba de pensar si uno de esos congresistas que Shelley mencionó sería su esposo—. Eso explicaría por qué entregaron a los menores sin ningún tipo de documento…

—Eso no es todo —siguió Shelley—. Sage no habla español sino algún tipo de dialecto nativo de su pueblo. Así que no fue hasta que alguien reconoció el lenguaje y me buscó un intérprete que Izel pudo decirnos que no solamente la robaron, sino que mi hermano la estuvo abusando y que además le obligaron a tener relaciones sexuales con otros niños y niñas que mi hermano tiene secuestrados en alguna mansión que yo no sé dónde queda —terminó de decir de un soplo y se puso a llorar de nuevo.

Hanna la escuchó horrorizada. No sabía qué pensar. ¿Sería posible que Pryce estuviese involucrado en algo así? No entendía cómo alguien podía utilizar a aquellos inocentes de esa manera o cómo no vio esa perversión en su propio marido. De hecho, algunos niños fueron adoptados por familias buenas y que los tratarían bien, pero ¿cuántos estarían siendo pasados de pederasta en pederasta?, se preguntó. ¿Cuántos estarían siendo maltratados, marcados para toda su vida? ¿Cuántos aparecerían muertos?

Las mujeres llegaron a una conclusión de inmediato. Las personas en las que más confiaban en este mundo, Pryce y D'Andre, las engañaron de la manera más vil y perversa posible, las manipularon sin ningún asco y las usaron para hundir a otros en la desesperanza. Y es que además de hacerles creer que estaban haciendo una obra de caridad hermosa con esas pobres desventuradas criaturas las utilizaron como fachada benevolente de sus asquerosos verdaderos planes. Pactaron entonces que de alguna manera regresarían a los menores a los brazos de sus padres y se vengarían de aquellos que los hicieron sufrir la pérdida de su inocencia. Hanna prometió encontrar alguna manera de ubicar a los pequeños migrantes y Shelley le dijo que investigaría a su hermano adoptivo para encontrar la famosa mansión de la que Izel le conversó, así como cualquier otra propiedad en donde pudieran tener escondidos a otros que podrían estar siendo abusados en ese momento.

⌗ ⌗ ⌗

Apenas terminó de conversar con Shelley, Hanna le dio el encuentro a una congresista muy amiga suya que se mostró interesada por el tema debido a que unas cuantas familias en su parroquia adoptaron a través del programa que Pryce montó con los centros de detención fronterizos. Era casi su deber enterarse de lo que sucedía en su comunidad y así apoyar a las familias que abrieron sus hogares a los pequeños desamparados. También le causaba mucha curiosidad enterarse de los detalles de esta operación que, como nunca en asuntos gubernamentales, se realizó a una velocidad inusualmente rápida. Hanna era su amiga de siempre, pero con Pryce nunca llegó a ir más allá de las relaciones profesionales secas y algún intercambio ocasional bastante frío y escueto en los eventos que les tocaba asistir como colegas.

Berit le hizo un gesto a Hanna apenas la vio en la puerta del restaurante. Escogieron un lugar alejado del Congreso para evitar encontrarse con algún conocido. Igual la congresista eligió una mesa aislada en la parte de atrás, cerca de la cocina. Así se le hacía más fácil entrar y salir por la puerta trasera, sin dejar de pellizcar algo apetitoso de pasada. A ella la dejaban hacer lo que quisiera porque su primo era el dueño del local.

Ya de cerca, las mujeres intercambiaron un saludo con la mirada y se dieron un beso en el aire. De inmediato Berit pudo sentir las nubes colmadas que acompañaban a su amiga. Tenía que ser algo muy malo para que Hanna, que siempre llevaba un arcoíris de dicha con ella, estuviera tan gris.

—Gracias por venir, Berit… No sabes cómo estoy… —empezó a decir algo y de inmediato enmudeció y bajó la mirada. Hanna quería confiar en su amiga de toda la vida, pero en ese instante se dio cuenta de que no tenía idea de quién más estaría trabajando con Pryce. Sabía que Berit no se llevaba con su marido, pero no estaba segura de su lealtad cuando de dinero se trataba. El billete le gustaba demasiado.

—No sé qué ibas a decir o por qué te arrepentiste de decirlo... pero sabes que puedes fiarte de mí... Lo sabes, ¿no? —se lo dijo como siguiendo un libreto, de una manera que a Hanna le sonó falsa. Hubo una pausa larga y luego Berit siguió—: No puede ser algo tan malo... vamos, Hanna, pensé que estabas tratando de conectar a las familias de los menores adoptados... ¿Qué pasa? ¡Dime! ¡No te puedo ayudar si no me dices qué ha pasado...!

—¿Tú y Pryce...?

—Yo y Pryce... ¿qué? Uy, no me vengas con cojudeces a estas alturas del partido... ¡¡¡De ninguna manera!!! A mí no me gusta tu marido... ni de broma...

—¿Qué? ¡No! No era lo que quise decir. Disculpa... No era... para nada... —dijo avergonzada, le temblaba la voz, las verdaderas palabras se le atoraban en la garganta, se agarraban con fuerza de su paladar, se aferraban a la punta de la lengua.

—¿Entonces? —preguntó Berit en su estilo brusco, siempre apurado, aunque sintiendo un gran alivio de no tener que defenderse frente a Hanna de algo que nunca haría con Pryce Collins. ¡Qué asco! A ella la que le gustaba era Hanna.

—Entonces... que creo que Pryce ha hecho algo malo y puede que tú puedas ayudarme a comprobarlo.

—Cómo qué? ¿Qué puede haber hecho el "favorito" del Senado? —preguntó Berit ofreciendo una sonrisa maliciosa. La verdad que a veces no podía esconder lo que sentía por el tipejo que tenía a su amiga enceguecida de amor y devoción, cuando ella podía verlo como lo que él realmente era: una alimaña, una sabandija reptante, canalla y repugnante, que se sentaba a esperar a que pasaran sus víctimas para cazarlas de un lengüetazo y engullirlas vivas, sin nunca mostrar misericordia ni compasión hacia ningún ser. Para Pryce todos eran una máquina expendedora de donde él sacaría todo lo que pudiese sin detenerse a compensar por lo hurtado.

—El tema de los adoptados es mucho más complejo de lo que nos han hecho pensar. Al parecer todos estos chicos y chicas han sido técnicamente robados de sus familias porque no se hizo nada legal ni con el permiso de sus padres. Y, claro, uno podría aducir que al enviarlos solos los estaban dejando a la deriva y se deslindaron de sus derechos. O incluso podríamos decir que aquí, con familias normales y que les pueden dar de todo, están mucho mejor —Hanna soltaba lo que sabía y al mismo tiempo trataba de justificar la realidad de lo que estaba casi segura hizo su esposo, su adoración unos pocos días atrás.

—Ya me parecía que algo no estaba bien —le contestó Berit—. Fueron pocos los que participaron en esa decisión. Todo se hizo de buenas a primeras, como tapando el problema que se armó en la frontera con tantos menores detenidos por tiempos indeterminados y sin ningún plan para procesarlos... —explicó, satisfecha de que esos colegas hombres que siempre la miraban como menos estaban por verse en un problema de aquellos tan escabrosos, tan espinosos, tan escandalosos que acababan carreras—. Deja que en un momento ponemos orden a esta bola de posibles complicaciones. Eso sí: Date cuenta de que Pryce puede salir muy malparado...

—Por malparido —contestó Hanna soltándose a llorar—. Es que no te he contado ni la mitad —declaró entre hipos y sollozos.

En unos días Ayana ya tenía ubicados a todos los pequeños que estuvieron en centros de detención del Gobierno. Otros agentes amigos de Lucas ofrecieron detalles de cada uno de los menores que ahora consideraban como "raptados" de las carceletas fronterizas y así pudieron ponerles a muchos sus verdaderos nombres y hasta a veces conectarlos a sus lugares de origen. Y Rob pudo comunicarse con sus colegas en el extranjero, de manera que empezaron también a realizar las conexiones hacia las familias que quedaron atrás.

Armando expedientes, localizando familiares y decidiendo cómo proceder con esos documentos se dieron con la noticia de una mujer que parecía tener las mismas dudas que ellos. Se llamaba Hanna Prescott. Era la esposa del senador que estuvo frente a ellos unas semanas antes. Ella también participó en el programa como parte de la misión de su iglesia. Acompañó a su marido, a su pastor y a las familias de su parroquia. ¿Aliada o rival? No tenían manera de saberlo sin hablar con ella.

Hanna pensó que lo mejor, lo más justo, sería hablar con Pryce. En su corazón de mujer enamorada alimentaba la esperanza de que todo fuese solamente un malentendido; que su esposo no estuviese enterado de lo sucedido, que no estuviese implicado en una red de venta de pequeños a pederastas. No podía ser, se repetía a sí misma, casi implorándolo a los dioses de la moral. Ella lo conocía. Él era un buen hombre, una persona recta y de valores correctos.

Su mente era otra cosa. Apenas escuchó la historia de boca de Shelley, supo que su esposo tenía sus manos metidas en ese chanchullo. Y para cuando se lo explicó a Berit se dio cuenta del bolondrón que acababa de echar a rodar. No tenía manera de dar vuelta atrás, pero de todos modos quería encarar a su marido.

Shelley no estaba de acuerdo con Hanna. Ella prefería investigar por su cuenta en lugar de preguntarle a D'Andre; y así se lo indicó a Hanna. Si les dejaban saber por adelantado, era posible que los menores desaparecieran para siempre. Berit le dijo lo mismo, tenían que comprobar antes de presentarse frente a ellos, de otra manera podían poner a los niños en mayor peligro. Pero Hanna no quiso escuchar. Ella tenía que saber. Lo sabría nada más con mirarlo a los ojos. Luego determinaría qué hacer.

Fue la voz de un extraño en una llamada telefónica lo que la detuvo. El curso de acción cambió cuando al otro lado de la línea escuchó a Rob por primera vez. El agente le explicó por qué la llamaba y el tipo de ayuda que necesitaría de ella. Para ablandarla, permitió que Mángel le dijera algunas palabras pidiéndole auxilio para sus amigos en su inglés machucado. Ya para ese momento tenían una idea de dónde encontrar a los chicos y chicas que se llevaron del centro de detención. Hanna estaba en el epicentro. Lo cual quería decir que su esposo, el senador, se hallaba en el área de plena culpabilidad. También sabían que la gran mayoría de los pequeños no estaban con familias sólidas y honorables, como les quisieron hacer creer. Les hizo una promesa en ese momento: los ayudaría a capturar a su esposo y a los otros. Estaba segura de que con la ayuda de Shelley y Berit, y algunas otras personas solidarias que irían encontrando cuando empezaran a destapar las ollas de presión en donde se escondían los pervertidos gusanos, sería suficiente para encontrar a todos y ponerlos en manos de la justicia, sin importar las consecuencias pues bien merecido se lo tenían esos gusarapos.

⌘⌘⌘

Temblaba al llegar a casa. No sabía cómo contenerse. La verdad de lo sucedido, lo que le explicó Rob, retumbaba en sus oídos. Las palabras de Mángel, tan inocente pero tan triste para su edad, le trajeron lágrimas a los ojos. ¡Su esposo era un verdadero monstruo! Decidió colaborar con las autoridades, incluso si eso le costaba su matrimonio y poner al que pensaba que era el amor de su vida entre rejas.

Esquivó a su esposo lo mejor que pudo cuando llegó a casa. No quería explotar y ponerlo sobre aviso. Él podía ver que algo había sucedido, pero no quiso indagar. No estaba de humor. Todo ese asunto de buscar a las familias de los adoptados y que empezaran a conversar entre ellas lo tenía exasperado.

Igual podía averiguar sin tener que preguntarle. Su esposa se lo hacía siempre muy sencillo con su regla de "ser un libro abierto".

Pryce aprovechó que Hanna se fue a tomar un largo baño de tina para mirar, como siempre hacía, su lista de llamadas, sus textos y los lugares que mapeó en su GPS. Con diligencia escribió algunas notas. Al día siguiente, cuando se enteró con quién habló su mujer, supo que todo estaba por venirse abajo y se comunicó con D'Andre para planear su escape.

A las puertas de muchas mansiones, casas, departamentos, locales de entretenimiento, covachas y almacenes llegaron oficiales armados con órdenes de allanamiento. Los pequeños migrantes estaban ahí, entre unos pocos los encontraron e hicieron sonar las alarmas. El plan surgido de dos oficiales de la patrulla fronteriza cobró vida a través de la nación que, ingenua, hasta entonces creyó que los menores migrantes habían sido adoptados y protegidos, que en sus manos ellos estarían a salvo.

✻✻✻

Pryce y D'Andre llegaron a la frontera sur justo a tiempo. La información que el senador encontró en el teléfono de Hanna les dio unos días de ventaja para desaparecer antes de ser arrestados, tal vez inclusive asesinados en la cárcel. ¡Hasta los más podridos criminales detestan a los que arrancan la inocencia de los desamparados! Existen almas con las que no se juega, todos saben esa regla. Ellos decidieron salirse de las normas sociales y entendían que el castigo sería feroz.

Pagaron buena plata para que los crucen sin papeles, sin detección. De milagro encontraron el transporte ideal. La idea era perderse por unos años en uno de esos pueblitos al sur, uno de esos lugares por donde nadie pasa, tal vez hacerles pensar que estaban muertos, que otros pagasen sus deudas mientras ellos forjaban su resurgimiento. Tenían el dinero necesario. Serían los más ricos del pueblo, amos y señores de las vidas de otros. Empezarían su negociado traficando a criaturas desde el mismísimo lugar donde las producían. El plan era macanudo.

Mientras la orden de captura de los criminales traficantes de inocentes se desparramaba entre las agencias pertinentes; y los medios de comunicación afanaban las flamas de aquellos que por unos minutos sentirían ira absoluta por lo sucedido a los niños migrantes que pronto fueron liberados y permitidos de ser adoptados, esta vez de forma legal; en un pueblito recóndito, cientos de kilómetros al sur de la frontera, se reunieron los que con tanta fe dejaron ir a sus hijos caminando hacia ese norte que en su mente les proporcionaría cobijo y la oportunidad de un futuro con más brillo. Llegaron armados con lo que encontraron; cuchillos, hachas, guadañas; y con la sed de venganza absoluta de quienes se ven robados de lo más puro.

No tardó mucho en llegar un camión de entrega de abarrotes. Los pobladores se prepararon. No fue difícil ya que estaban al tanto de todo lo sucedido y la piel les hervía de la impotencia, la frustración y la rabia. El Dios de la justicia divina estaba de su lado.

Al detenerse el vehículo pudieron escuchar que desde la tolva se escurrían gritos de hombres pidiendo ayuda. De alguna manera pensaban que acababan de llegar a puerto calmo.

Pero ese no era un día de misericordia y menos de clemencia hacia aquellos que tomaban ventaja, explotaban y corrompían la inocencia de aquellos menos dotados para pelear la ignominia o siquiera defenderse.

Bajaron a los reos. Primero a Pryce y luego a D'Andre. Les quitaron los apestosos costales que les pusieron en la cabeza poco después de partir de la frontera. Se vieron a las caras. Intercambiaron miradas. Se hizo el silencio. Lo supieron de inmediato. El intenso castigo estaba por iniciar. Tenían heridas pendientes. Y así como ellos lo hicieron con sus hijos, aquellas bestias pronto preferirían que los hubiesen matado.